Reihe Reiseliteratur Band 3

AF206592

Vera Hewener

Vom Salzburger Land bis Trentino-Südtirol

Reisenotizen in Lyrik und Prosa

Über das Buch

Im Winter auf einem Hornschlitten ins Tal fahren, in Sankt Moritz in der Notrufzentrale sitzen, Weihnachten in der Berghütte umringt von Steinböcken feiern oder in Wien am Eheleben eines Fiakers teilhaben. Die Geschichten, Gedichte und Reisenotizen von Vera Hewener führen vom Salzburger Land, nach Wien, Tirol, Graubünden bis ins Trentino-Südtirol.

Vera Hewener, geboren 1955 in Saarwellingen, Dipl.-Sozialarbeiterin, veröffentlicht neben sozialwissenschaftlichen Publikationen Lyrik, Erzählungen und Szenen u.a. in Deutschland, Österreich, der Schweiz und Frankreich. Mehrfach international ausgezeichnet, u.a. Superpremio Cultura Lombarda (I) 2001, 1. Preis Deutsche Sprache 2004 (F), Grand Prix Européen de Poésie (F) 2005, Goethe Trophäe (F) 2007, Wilhelm Busch Preis (F) 2017.

Pressesplitter:

„Heweners Sprache ist Rhythmus und Malerei." SZ, 07.05.2002. "Zart und duftig sind viele dieser Gedichte, voller Freude über den Einklang mit der Natur; hymnisch-gewaltige Gesänge lassen an Hölderlin und Rilke denken." SZ, 17.11.03. „Jedes Wort schillert und ruft ein Bild hervor...Vera Hewener baut aus dem, was sie sieht, kleine Wortkunstwerke." SZ, 07.11.2011. „Die Gedichte sind im wahren Sinne des Wortes farbenfroh. Vera Hewener versteht das Handwerk des Dichtens." SZ, 29.07.09. „Naturlyrik par excellence im wahrsten Sinn des Wortes." Buchtipp DieWoch, 20.08.16. „Offensichtlich steckt auch ein Schalk in Hewener, einer, der mit heiterer Leichtigkeit Reime und Silben sammelt, bündelt und wieder streut." SZ, 07.12.17. „Einfühlsam geschriebene Geschichten, mal heiter und komisch, mal reflektierend und nachdenklich." DieWoch Buchtipp 10.11.18. „Wer sich gerne im hektischen Alltag eine Auszeit gönnen möchte, findet hier reichlich Raum dafür." Heusweiler Wochenpost 17.11.21. „Eine neuartige Wirklichkeitsnähe entsteht durch eine überreiche Metaphorik, die sie in eine eher nüchterne Sprach-Atmosphäre pflanzt. Diese Binnenspannung wird besonders bei den Streifzügen durch Städte und Ortschaften deutlich." Wochenspiegel Buchtipp 16.03.23.

Reihe Reiseliteratur Band 3

Vera Hewener

Vom Salzburger Land bis Trentino-Südtirol

Reisenotizen in Lyrik und Prosa

Die Deutsche Bibliothek verzeichnet diese Publikation in der Deutschen Nationalbibliografie; detaillierte bibliografische Daten sind im Internet unter www.http://dnb.dnb.de abrufbar.

Herstellung und Verlag:
BoD - Books on Demand,
Norderstedt

Printed in Germany
1. Auflage 2023
ISBN 9783744818124
11,00 EURO

INHALTSVERZEICHNIS

SALZBURGER LAND

Wintermärchen

Dort, wo sich das Licht trifft,
auf dem Blauweiß der Zweige,
auf dem Schneefeld,
das Besucher nicht kennt,
auf der Eiszone,
die ein Gebirgsbach durchmisst,
in den Kältenebeln des Morgens,
schwindelt in meinen Augen
das Märchen, das man Winter nennt.

Es flüstern Kristalle,
klirren Tannenzapfen,
stöhnt Gebälk unter der Eistracht,
eine Sinfonie aus Weiß.

Fünf Uhr morgens in Taxenbach

Himmelsgestirne
feiern im Dunkeln die Stille.
Scheinwerfer erhellen den Gebirgskamm,
markieren die Höhendifferenz
des Gschandtner Bergs,
die sich allmählich verkleinert.

Die Schutzhülle der Nacht
gewährt auch den Rastlosen Schlaf.
Schnee tändelt leichtfüßig ins Tal.
Das rote Blinklicht des Streuautos
verkündet Straßenglätte,
weckt die Schläfer auf.

Im Fensterkreuz blinzelt Licht.
Ich spüre den Wind,
der durch die Ritzen zu mir spricht.
Wunderbarer Morgen,
schenkt mir die Gelassenheit,
zu sein.

Missverständnis am Fulseck

Es noch einmal versuchen, Wiederanfang und unwiderruflich das dritte und letzte Mal, dieses Begehren, die Schneepiste zu erobern, den Skibrettern die Stirn zu zeigen, die Freifahrt ins Tal zu gewinnen. Die Skilehrerin hat Geduld mit mir und meiner Angst. Meine Füße sind bereits erstarrt. Talbein, Bergbein und Innenski, plausible Erklärungen für Fahrtechnik, Kurven und Bremsmanöver. Alles funktioniert, es ist ja so einfach und das Gefühl, dazu zu gehören, wäre wundervoll. – Wäre da nicht der Gedanke an das Mögliche!

Der Sturz ist nicht besonders hart. Hilfestellung beim Aufsteigen. Weiter geht's. Linkskurve, Rechtskurve und nach drei Stunden üben die Probe: Einbremsen ins Markierte. Die auf dem Schnee liegenden roten Stangen warnen mich: Hier musst du mit dem Fersenfuß mächtig aggressiv in die Innenkante steigen und dann nach außen ziehen. Mir kommt der erste Zweifel. Und so zuckle ich dank meiner Vorsicht drei Meter in Fahrt und Pflug und Innenski nach außen schieben. Ich stehe! Alles geht gut.

Dann die Kurvenprobe. Stangen gesteckt und Richtung begrenzt. Darüberfahren bedeutet hinzufallen. Der zweite Zweifel. Der Winkel ist so klein. Derart enge Kurven und ich soll das schon können? - Der zweite Sturz über das Gestänge. Meine Handgelenke schmerzen, die Knochen melden sich. Doch es geht wieder. Hilfestellung beim Aufsteigen. Mir zittern die Knie und meine innere Stimme sagt: Hör doch auf! Hör doch endlich auf! Das kannst du nicht! Tröstende Worte der Skilehrerin: „Üben, immer wieder üben. Das geht schon. Aber du musst tun, was ich dir sage. Aktiv fahren."

Oh ja, ich bin aktiv, sehr aktiv. Mein Zustand ist eine Mischung aus Wagemut, Angst und Trauer. Noch verstehe ich jedes einzelne Wort, jede Anweisung, jede Erklärung für mein Versagen. Doch es hilft nicht. Nein, eine Psychologin ist sie nicht. Die Angst bleibt, diese irrationale Blockade. Ich versuch's trotz alledem noch einmal. Meine Technik soll gut sein, sagt sie. Sie muss es schließlich wissen! Man schaut mir zu. Auch das noch! Ich ärgere mich über meine Unbeholfenheit, nichts in mir sagt: Zeig's denen oder jetzt erst recht! Dieser Siegeswille ist nicht vorhanden. Meine Erklärungen lauten: Wenn du aufhörst, ist der Stress weg. Aber ich soll ja anders denken: Es geht schon, keine Halbherzigkeiten, du kannst das. Ich bin absolut einsam und zugeschneit da oben. Der drei Meter hohe Aufstieg steigert meine Pulsfrequenz und das Kniezittern. Ich kann nicht, ich kann nicht! Aber ich muss jetzt runterfahren!

Vom Talbein auf's Bergbein und Gewicht verlagern, damit ich die Kurve krieg'. Ich höre ihre wohlgemeinten Worte. Ich habe Angst. Meine innere Stimme sagt: Ich kann nicht, ich kann nicht! Und sie sagt: „Rechter Ski in Fahrtrichtung und links umsteigen." Doch ich sehe vor mir die roten Stangen auf dem Boden liegen und drei Meter weiter die Rückfront der Brandalm. Mir ist klar, wenn ich jetzt nicht mehr bremsen kann, rase ich in die Almwand. Es ist plötzlich alles unverständlich laut, ich verstehe nichts mehr, ein schwarzes Loch. Jetzt ist es zu spät, keine Linkskurve mehr möglich, nur noch bremsen, bremsen.

Der letzte Sturz und mein rechtes Wadenbein schmerzt, meine Zehen krampfen, meine Arme sind verdreht. Wieder die Erklärung, dass nichts passieren kann, eben nur hinzufallen. Das ist nicht weiter schlimm, ungefährlich, es kann doch nichts passieren!

Doch ich weiß, es hat mir jetzt endgültig gereicht. Ich will durch keine schwarzen Löcher mehr fahren, mir nicht mehr beweisen müssen, dass ich das auch lernen kann. Ich muss nicht alles können! Mein Selbstbewusstsein kann doch nicht vom Skifahren abhängen! Ich will nicht mehr, weil ich nicht mehr kann und ich kann nicht mehr, weil ich nicht mehr will. Nur meine Skilehrerin kann das nicht verstehen.

Gasteiner Ballade

Zwischen Bergspitzen raucht Nebel,
ist der Sonne Augenknebel
im Gasteiner Tal.

Eingepfählte Wegpassagen,
zugeschneite Höhenlagen,
der Brückensteig ist schmal.

Spuren zeichnen meinen Tritt,
Ferne fällt mit jedem Schritt.
Das Bild verblasst, wird fahl.

Von Dorfgastein bis Laderding
ein Sonnenschweif in Gipfeln hing,
des Wand'rers liebste Wahl.

Der Achenpromenade nach
vereistes Gras am Ufer brach,
die Erde quoll schwarz auf.

Nach Stunden dann Bad Hofgastein,
der Thermentempel lud mich ein,
der warme Wasserlauf.

Ich gönnte meinen Füßen Ruhe,
löste meine Wanderschuhe,
beendete die Qual.

Erholt der Stadtbummel begann,
ich mich der Wegstrecke entsann,
der Kilometerzahl,

die ich grad hinter mir gelassen,
konnte ich es nicht recht fassen.
Es war einmal

die Lust, das Winterherz zu finden,
die Zeit in der Erinn'rung binden,
der Suche heil'ger Gral.

Im Dunstkreis

Ein Dunstkreis hält den frühen Tag gefangen.
Welch Gähnen bleicher Wolken, deren Hauch
umherzieht, sich verpustet, seinen Schmauch
auf breiten Tannen ablädt; weiß behangen

der Kurpark Wege wähnt und Bänke, Stangen
am Teichrand, jeden Zweig an jedem Strauch.
Die Wasservögel kreisen um den Lauch
der Gräser unbekümmert, gefangen

im Griesel. An Bad Hofgasteines Thermen
sich Gäste Leib und Seele wärmen.
Ich wandere im Frost entlang der Ache

nach Hundsdorf, Fronten sind dort gleicher.
Der Tand verblasst, Konturen werden weicher,
die Sonne wirkt, aus Schnee wird eine Lache.

Einkehr

Bad Hofgastein umwirbt ein warmes Licht.
Am Stubnerkogel blendet es den Gipfel,
die Wolken spannen ihre weiten Wipfel,
hoch droben trüben Dunstfelder die Sicht.

Ozon bedrängt im Tal die graue Schicht.
Folgt Einkehr auf den schlechten Wetterzipfel
schaffen genügend Ausgleich mürbe Kipfel
auf Sahneeis. Kaffeearoma mischt

sich in den Mittag voller Festtagssprüche,
tischt Nobles auf aus edler Sternenküche,
ein Festmahl, das die Sinne schnell besticht.

In Gaumenfreuden schwelgen trunken Gäste.
Nur draußen hellauf knistern alle Äste.
Bad Hofgastein umwirbt ein warmes Licht.

Winterwege

Im Zentrum wandern frostgeschützt im Nerz
die Gäste unbekümmert auf geräumten Wegen,
flanieren um den Teich auf schmalen Stegen,
als wäre Kälte ein Dezemberscherz.

Die Enten ihn beschnattern Terz für Terz,
wie Windgesänge, die in Tannen fegen
und Schneegestöber. In den Wildgehegen
die Tiere Nahrung wittern. Ein Futterherz

am Kreuz der Hütte baumelt. Von harschen Tritten
gestört verlassen sie die Lichtung. Mitten
im Schneeplüsch ziehen Pferde eine Kutsche.

In Decken eingepackte Passagiere
durchrattern holpernd Rotwilds Waldreviere.
Dem Wagen wird das glatte Eis zur Rutsche.

Bad Hofgastein

27.12.2000

Radon ist das Edelmetall, das die Münzen hier zum Klingen bringt und all jenen, die sie ausgeben, Regeneration verspricht. Nach vier Jahren bin ich wieder hier, hier in Bad Hofgastein. Mir scheint, dass sich nichts verändert hat. Die Berge glänzen in der Sonne und das Kurzentrum behütet nach wie vor seine Ruhe. Die Stätte der Gesundheitspflege zieht immer noch mehr ältere als jüngere Jahrgänge an.

Bad Hofgastein umwirbt an diesem späten Vormittag ein warmes Licht, das auf seine Besucher ausstrahlt. Die Pensionen, Kurhotels und Therapiezentren sind weihnachtlich hergerichtet. Der Schmuck der Fassaden verschönert das ohnehin malerische Straßenbild. Auch die Privathäuser sind gepflegt. Man findet nur wenig Nachlässiges in den Seitengassen. Es ist nicht überall Erste Klasse, aber fraglos mittelständisch. Hier könnte man sein Alter zubringen, nichts regt auf. Ob dies allerdings dauerhaft zum Wohlbefinden beiträgt, weiß ich nicht. In dieser Ruhe könnte man auch lebendig begraben sein. Das Panorama ist traumhaft. Der Tourismus hat ihm nichts anhaben können. Der Tourismus hat es mitgeschaffen. Ob er es auch irgendwann wieder zerstört? Was bliebe zurück, wenn die Gäste ausblieben? Was bleibt zurück, wenn die Gäste weiterhin kommen?

Hier sagt man ‚Grüß Gott' und obwohl ich diesen Gruß zuletzt vor über dreißig Jahren dem Pastor und der Schwester meiner Gemeinde entbot, kommt er ganz natürlich über meine Lippen. Mir ist, als wäre die Zeit stehen geblieben, die Tradition ungebrochen, zumindest vordergründig. Österreich, das Land der Könige und Kaiser, der Sisi und der Donaumonarchie. Wie viele Klischees liegen in diesen Grenzen und wie viel Ungesagtes frisst hinter den Fenstern die Seelen auf? Regt sich etwas hier, seit dem

Haider die Menschen im In- und Ausland verschreckte? Ich bemerke nichts davon. Die Suche nach Erholung ist unpolitisch. Ich nehme die Eindrücke dieses Ortes ohne Blessuren auf, sie tun mir gut.

Das Licht, das vom Stubnerkogel aus die Wolken durchdringt, scheint bis in die letzten Winkel. Es überfällt auch mich und zaubert eine Freude, die alles Bedenkliche aus dem Augenblick verbannt. Dies ist eine Wohltat, kann ich doch sonst meist nur die Schatten wahrnehmen, das Graue, das auch Schönes trübt. Angesichts dieses Gefühls beschließe ich, mich ganz der Frische der Bergluft hinzugeben, frei zu atmen und Kraft aufzunehmen, die mir wohl bald wieder fehlen wird. Auch wenn mein Kreislauf des Öfteren streikt, stört mich dies nicht. Die Ruhepausen schenken mir Zeit, mit Muße in den Himmel zu schauen.

In der Fußgängerzone begegnet man dem Aufmarsch der Nerzmäntel. Man spricht italienisch. Das Gediegene der gut Betuchten durchbrechen die Skifahrer, die Sportlichen, Lässigen. Es ist bunt und das ist gut so. Und während ich mit meiner Kamera die Gegenwart festhalte, nähert sich die Mittagszeit mit dem Geruch feiner Speisen. Ich sollte mir eine Pause gönnen und meiner Nase das Sagen überlassen.

28.12.2000

In der Nacht hat es geschneit und um sechs Uhr in der Frühe regt sich schon das Leben. Laternenlicht ruht auf dem Kirchenplatz und leuchtet die angrenzenden Straßen aus. Es ist still und so schallt jedes Geräusch in die Höhe. Jemand geht mit seinem Hund Gassi, das Räumfahrzeug drückt den Schnee von der Straße, einige eilen bereits davon. Den Neuschnee zeichnen bald Spuren menschlicher Gesellschaft. Als ich um zehn Uhr das Hotel verlasse, sind bereits viele auf den Beinen. Ich habe den Eindruck, dass neue Gäste angekommen sind, so viele Menschen sind in der Fußgängerzone anzutreffen. Der Schnee rieselt in wässrigen Flocken und ich schlage meine Kapuze über den Kopf.

„Es sind doch Deutsche da", sagt eine Österreicherin zu ihrem Begleiter. Mit deutschen Gästen hat man wohl weniger gerechnet und wundert sich nun, dass einige sich nicht haben abschrecken lassen. Gesprochen wird überwiegend Weanerisch, ansonsten hört man italienisch, englisch und russisch. Heute gehe ich über die Kurpromenade, vorbei an der Gemeindeverwaltung und dann ins Kongresszentrum. Ich erkundige mich über die abendliche Rodelfahrt und setze mich anschließend in den Lesesaal.

In den Salzburger Nachrichten steht ein Artikel über die Suche nach qualifizierten Internet-Spezialisten in Österreich. Die Schwierigkeit läge darin, dass Österreich kein Einwanderungsland sei und man der globalen Marktentwicklung hinterherrenne. Die Frage, ob Spezialisten wohl nach Österreich kommen würden, wird mit einem Vergleich deutscher Ausländerfeindlichkeit beantwortet. In Deutschland würden ausländische Arbeitnehmer auf der Straße angegriffen, dies geschehe in Österreich nicht. Und weiter berichtet man von Zollfahndungen nach deutschen Rindfleischimporten. Offensichtlich ist die Presse nicht gut auf Deutschland zu sprechen. Der Boykott hat lesbare Spuren hinterlassen. Der Lesesaal ist gut besetzt und da keine andere Zeitung mehr frei ist, mache ich mich wieder auf den Weg. Diesmal will ich mir die Schlossalmbahn ansehen, eine Standseilbahn.

Die Skifahrer bevölkern die Wartezone und wenig später kommt sie angefahren, die Seilzugbahn. Wie viele Personen sie wohl fasst, frag ich mich und ich muss an das Unglück am Kitzsteinhorn denken. Ob man in diesem Gefährt überleben würde, sollten die Seile reißen? Wohl kaum. Ich habe gesehen, was ich sehen wollte und spaziere in Richtung Kurpark. Es ist diesig, die Schneewolken hängen tief ins Tal und die Sonne lässt auf sich warten. Dennoch gerate ich in eine Schneelandschaft, die ich seit längerer Zeit so nicht mehr gesehen habe. Der Kurteich ist leicht übergefroren, einzelne Sträucher stechen aus der Eisschicht. Der Schnee hat weiße Kugeln daraus geformt, Wattebälle, deren Anordnung rein zufällig ist. Am Ende des Teichs ist die Wasseroberfläche noch offen. Wildenten tauchen darin herum und hüpfen auf die dünne Eishaut. Auf großen alten Tannen liegt der Schnee handbreit auf. Bei leichten Windstößen fällt er hin und wieder zu Boden, eine Winterwelt, geeignet für ein Postkartenbild. Nur die Sicht ist durch den Dunst stark getrübt.

Die Hänge des Kreuzkogels sind weiß verhüllt, einige Berghütten sind zu sehen, die Schwaden ziehen an ihnen vorbei. Ich laufe die Wiener Allee hinunter, die 1985 den Wiener Besuchern gewidmet wurde. Die Gasteiner Ache säumen auf der anderen Seite Wohnhäuser. Von deren Fenstern aus muss man eine schöne Aussicht auf den Kurpark haben. An der 1936 erbauten Achenbrücke verlasse ich den Wanderweg und laufe in den Ort, der sich Hundsdorf nennt. Hier ist es weniger feudal, aber immer noch ansehnlich. Mir scheint, die ortsansässigen Hofgasteiner sind eher in diesem Viertel zu finden. Doch die Zeit, mich auf ein Gespräch einzulassen, bleibt nicht. Meine Jacke ist vom Schnee schon durchnässt und ich muss zurück, bevor ich mich erkälte und mir einen Schnupfen hole.

29.12.2000

Es ist Freitag. Mein Weg führt mich wieder ins Ortszentrum. Ich suche das Hotel Alpina, das ein eigenes Hallenbad vorweist. Ursprünglich wollten wir in dieses Hotel. Es war jedoch ausgebucht. Vom Zentrum der Ortsmitte aus gelange ich in wenigen Minuten an das Haus, dessen Thermeneinheit von außen sichtbar ist. Ein Glaspavillon gewährt Einblick auf Kurgäste, die sichtlich entspannt auf Liegen die Zeit genießen. Der Eingang liegt auf der anderen

Straßenseite. Auch er ist mit Tannengirlanden umrankt, wirkt weniger feudal, aber dennoch einladend. Das Hotel muss viele Gäste aufnehmen können, so groß wie seine Ausmaße sind. Ich bedaure für einen Moment, dass keine Zimmer mehr frei waren und wandere wieder über Seitenstraßen zurück in die Fußgängerzone.

Im Lesesaal kann ich diesmal die Frankfurter Zeitung erhaschen. Es ist weniger Betrieb und so setze ich mich an ein Fenster mit Ausblick. Das Weltgeschehen ist nicht ermutigend. Dieser Jahreswechsel lässt nicht viel Gutes zurück. Während ich einen Artikel des Vorsitzenden der Bundesärztekammer zur Embryonenforschung lese, spricht mich eine etwa achtzigjährige, sehr gepflegte Dame an. „Sie haben die Frankfurter Zeitung! Ich komme extra wegen dieser Zeitung her. Könnte ich sie nach ihnen bekommen? Ich sitze da hinten am Fenster, sehen sie. Aber lassen sie sich ruhig Zeit, meine Tochter kocht heute, da kann ich warten. Wir haben hier keine so gute Zeitung wie diese, mein Kompliment." Sie versichert mir weiter, warten zu können, ich soll in Ruhe zu Ende lesen. Dann geht sie zu ihrem Fensterplatz zurück.

Jetzt fällt es mir schwer, konzentriert weiter zu lesen. Ich muss den Artikel zweimal lesen. Meine Einstellung zur Embryonenforschung ändert sich nicht. Es ist jedoch beruhigend zu wissen, dass auch Mediziner das Klonen von embryonalen Stammzellen aus rein wissenschaftlichen Gründen ablehnen. Die Forschung beansprucht lediglich die sogenannten überzähligen Embryonen aus künstlichen Befruchtungen, da diese ohnehin getötet werden müssten. Stimmungsaufhellend ist dies alles nicht. So überfliege ich das Feuilleton und bringe der netten Hofgasteinerin das lang ersehnte Journal.

Ich bummele durch die Einkaufsstraße und gehe in ein Sportgeschäft, da ich seit längerer Zeit gerne einen typisch alpinen Strickpullover kaufen will. Ich hoffe, dort ein zu mir passendes Teil zu finden. Und tatsächlich, ich habe Glück.

Voller Freude verlasse ich die Einkaufsstätte und mache mich auf die Suche nach weiteren Mitbringseln.

30.12. 2000

Der Tagesbeginn überrascht mit Neuschnee. Dieser Schnee ist nicht wässrig. Er hat sich über das gesamte Stadtbild gelegt und übertrifft meine Vorstellungen von Winter. Ich muss die Kamera holen und filmen. Dies muss ich aufbewahren für weniger schöne Zeiten. Wieder kommen mir Bilder aus vergangenen Zeiten vor Augen. Damals, als ich noch keine Überlegungen zum Leben und Überleben anstellen musste, als ich noch mit großen Augen alles um mich herum ohne Reflexion aufnehmen konnte und die Natur abmalen wollte. Dieses Verlangen packt mich auch jetzt, ein Bild zu malen von diesem Wunder an Natur.

Es ist außergewöhnlich schön und ich bedaure, dass meine Tage schon vorüber sind. Die Sonne blinzelt am Horizont, wir haben Kaiserwetter. Ein rund herum schöner Tag erwartet mich und das letzte, was ich von diesem Ort mitnehme, ist die Vergegenwärtigung, dass es doch noch Winter gibt. Das weiße Kleid der Landschaft schimmert und glitzert. Die Straßen sind vollkommen weiß, der Verkehr ist erlahmt. Die Spaziergänger setzen bedächtig einen Schritt vor den anderen.

Heute muss man Zeit aufbringen und Zeit ist das einzige, was mir jetzt fehlt. Ich weiß, irgendwann komme ich wieder her und bis dahin muss mir mein Filmmaterial ausreichen.

Bergwanderung

Ich hörte dem Bergsee zu,
dem Adler, dem Steinbock,
dem Rauschen der Blätter,
dem Chor der Singvögel
und schwamm hinaus
ins Süßwasser.

Unter wie viel Himmel
wird die Herzkammer geboren,
unter wie viel Sonne
Licht entfacht?

Eidechsen wandern
über Felsen,
Edelweiß bewacht,
im Schatten der Eichen
huschen Lemminge davon.

Die Wolken des Blaus
kreuzen Tauben.

Lichtblüten

Die Blütenfuhren,
wie treiben sie Farbloses in den Glanz
der Sonnenuhren, wie verwandelt sich
Natur im Wind der Botenstoffe,
Duft verbandelt, schmeichelt
dir um die Nase ein Sturm des Erneuerns.

Die Bilder des Blusts.
Wie blenden sie das Leichtwerden
dunkler Schattenrisse an Horizonten,
wenn Kälte sich entfernt, im Land
des Übersonnten zitternd dir Zweige
winken und Narzissen.

Karwoche

Der Wind singt grüne Melodien
Narzissen schlafen im Schnee
Osterglocken läuten

wir streuen Blumen aus
fächern mit Palmwedeln
durch Straßen

Am Kalvarienberg
wacht Maria

Frauen flüchten
in ihren Mantel
Gewitter fiebert

WIEN

Schöne Bescherung

Samstag vor Heiligabend. Elisabeth Hollischek schmückte den Tannenbaum und räumte die überzähligen Glocken in die Schachteln zurück. Sie knipste die elektrischen Kerzen an und sagte zu ihrem Mann, der neben dem Tannenbaum auf der Couch saß und in der Zeitung las: "Na bravo, es brennt. Do follt mir grod ein. Liebling, mogst ma des Licht in der Diele vor Heiligabend austauschen? Es flimmert jetzt schon wochenlong, als wenn'd im Prater im Lusthaus sitzen tätst."

Er schaute sie an und sagte verständnislos: "Mochst wohl Scherze? Unser Haus a Lusthaus? Des wüsst i ober. Dös Lichterl is scho long aus. Ausgerechnet heut noch soll i das Birnchen austauschen? Des is doch das anzige, wos hier noch flimmert. Jo glaubst vielleicht, i bin dein Elektriker? Dös konnst gonz schnell vergessen."

Die Frau war leicht pikiert und sagte: "Jo, wennsd meinst. Dann soll's holt weiter flimmern, wenns bei dir nimmer brennt. Vielleicht schaut's jo von draußen wie a Lichterkett aus."

Sie ging an den Kühlschrank um das Abendessen vorzubereiten. Die Tür ließ sich nicht mehr fest verschließen. „Vaflixt, des hob i gonz vergessen. Die Tür schließt nimmer. Bittschön, mogst vielleicht die Kühlschranktür nachschauen. Sie geht nimmer gonz zu. Olls kühlt in der Küch aus. Man könnt meinen, wir würden in am Leichenhaus wohnen, so kolt wie dös is."

Etwas genervt blickte der Ehemann aus der Zeitung auf und sagte: „Wos, wos host du grod gsogt? Unser Küch wär so kolt wie a Leichenhaus? Moanst du vielleicht den Weaner Friedhof. Do schpühn's wenigstens noch a Wolzer om Grob von Johann Strauß. I soll dir jetzt die Kühlschranktür in Ordnung bringen gonz ohne a Musi? Jo glaubst du, i bin a Handwerker? Dös konnst gonz schnell vergessen."

Die Frau wurde langsam ärgerlich. „So, des mochst ma a net mochen! Jo vielleicht is das zu schwierig für an Fiaker. Der braucht a nur die Peitschen schwingen statt selber laufen. Es gäb noch wos zum Tun. Vielleicht konnst ma dobei hölfen. Guck dir unsere Holztreppen im Stiegenhaus o. Stell dir vor, des wär Schloss Schönbrunn und unsere Kaiserin Sisi tät Hof holten om Stephanstog, da würden's jo oll Leit drum herum stolpern anstatt Wolzer tonzen."

Der Ehemann, nun sichtlich genervt, polterte weiter: „Ha, an Schloss! Und donn a noch Schloss Schönbrunn! Du wollst doch schon immer hoch hinaus. Weißt wos, bei dir tät's noch net amal für a Hofdame reichen. Und jetzt meinst, i soll vor Weihnachten noch den Hammer schwingen und oll's, wos di im gonzen Johr net gstört hot, in Ordnung bringen? Jo krutzifix, bin i a Schlosser, Elektriker, Zimmermonn oder an Fiaker? Mir reicht's jetzt. I geh zum Heurigen am Grinzinger Weinsteig. Do gnehmig i mir a poa Viertele auf den Schreck. Vielleicht find's jo an Dummen, der des olls noch vor Weihnachten mocht. I jedenfolls net."

Am nächsten Morgen saß Elisabeth Hollischek summend am Kaffeetisch in der Küche und las gut gelaunt in der Zeitung. Der noch betrunkene Ehemann kam herein. Er hatte ein schlechtes Gewissen: "Mein olles Sisilein, Liebling, wer hot des denn olls gmacht? Das Lusthaus beleuchtet, Wolzer von Strauß aufgelegt und den Aufgang zum Schloss grett?"

Die Ehefrau drehte sich um und sagte: „Jo, wos hätt i denn mochen soll'n, wann's du nur granteln kannst und ins Wirtshaus läufst? I hob den Nerzmantel von der Tante Ida übergeworfen und bin an Fiakerplatz am Stephansdom glaufa. Deine Kollegen hobn mi gonz verdutzt ogschaut. Do hob i laut gschrien: Hülfe, Hülfe! Die Donaumonarchie geht unter."

Erschrocken fiel der Ehemann in den Stuhl: „Jo bist du denn noch gscheit! Wos host gmocht? Bei di Kollegen bist glaufa und hast um Hülfe geschrien?"

„Genau, des hob i gmacht. Und weißt, do kummt a ungarischer Rittmeister, a gonz junger, weißt. Der hot mi ogschaut und gfrogt, wieso denn die Donaumonarchie untergehn würd und wos i für a Hülfe brauch. I hob erzählt, wos olls schief läuft bei uns, weil du net imstand bist, mir zu hölfen. Mein Gspusi würd lieber beim Heurigen sitzen und a Wein trinken. Wos meinst, hot der do gsogt?", erzählte die Frau des Fiakers genüsslich.

„Wos, wos soll der scho gsogt hobn, wie der di gsehn hot in dem oiden Nerzmantel? Woascheinlich, dass du die Kurvn kratzen sollst! Und außerdem, wos geht des überhaupt d'Leut an, wann i beim Heurigen sitz. Des is jo nedlich, so wos!", redete Herr Hollischek sich in Rage.

„Jo, wenn's meinst. Jedenfalls hot mir der Rittmeister angeboten zu hölfen. Aus oita Verbundenheit zu meiner Namensvetterin der ungarischen Königin Sisi!" Frau Hollischek genoss die Eifersucht des Ehemannes.

„Jo so a Strizzi! Noch so a deppata Sisianhänger. Am besten mochst a Club der enterbten Monarchisten auf. Hot der vielleicht a noch a Uniform oghobt, der Gspinnerte?", wütete der Ehemann.

„Na, des net grod. Aber fesch woar a scho. Jedenfalls wollt er mir hölfen", schwärmte Frau Hollischek.

„So, hölfen wollte a. Wos hot a denn gsogt, wos des kosten soll?", fragte Herr Hollischek.

„Er hot gsogt, er tät olls wieder in Ordnung bringen. Des Anzige, wos i mochn müsst, wär entweder mit ihm das Lusthaus wieder zu beleben oder ihm a fürstliche Sachertorten zu Weihnachten zu backen", reizte Frau Hollischek den Ehemann weiter.

„So, so, es sind auch schon Kaiser gstorbn. Is noch a Stickerl von der Torten übrig?", wollte der scheinbar Gehörnte wissen.

„Jo glaubst vielleicht, i bin die königliche Hofbäckerei?", fragte Frau Hollischek amüsiert.

Wintergeplänkel

Nebel triefen
über schneeweißen Laken,
Rehe schniefen,
Teiche und Bäche blaken
still in die Kälte, Eisgezeche,
Kristallgespinste.

Von eisernen Toren
schleift der Sturm den Rost.
Frost beißt in die Wangen der Barren,
die Fasern verloren
und unentwegt knarren,
ein Hirschkäfer grinste.

Zeternde Dohlen
wachen auf Gartenpfählen,
ein Johlen und Kreischen,
wenn vor den Wintergenerälen
abends Nesträuber heischen,
den Futterplatz umstellen.

Und aus den Schornsteinen der Alm
raucht Holzbrand trüben Qualm
in das Dunkel verworren,
während im Stall die Farren
die Mutterkühe strählen,
die im Heu stampfen,
wo sie drauf schliefen.

Schneefall

Im Windhauch tanzt Schnee, entlädt seine weiße Last
langsam auf Feldern und Wäldern.
Ein bleicher Blick schweift in die Täler,
versinkt im Endlosen der weiten Ferne.

Spröder klirren die Dächer im Reif,
das Herz meiner Sehnsucht beginnt zu wandern.
Vom Gipfel läutet die Kapelle Hosanna in der Höhe
über den Kirchturm.

Im untergehenden Licht stirbt das Kreuz der Berge
lautlos im Schneegefilde, streckt seine Arme aus.
Flocken schleppen das Abendrot hinterher,
senken sich behutsam auf die Schleier der Dämmerung.

Die Stille der Straßen und Häuser scheint
dem Leben entrückt.
Einsames Bellen am Wegrand,
im Widerhall der Gemäuer
klingen Flötentöne und Kindergesang.

Ich schließe das Fenster, stell eine brennende Kerze
in den Fensterrahmen und beginne zu träumen.

Wiener Oper

Elisabeth Hollischek hatte gerade die Linzer Torte aus dem Backofen genommen. Der Ehemann kam herein und setzte sich. Sie stellte die Torte auf den hübsch und stilvoll gedeckten Tisch. Die Ehefrau setzte sich ebenfalls hin und sagte stolz: „Mogst vielleicht die Linzer Torten kosten?"

Der Ehemann las in der Wiener Zeitung: „Linzer Torten? A Weanerin backt a Sachertorten."

Die Ehefrau fragte genervt: „Willst jetzt a Stickerl oder net?"

„Dem Kaiser hättst des net hingstellt", grantelte der Gatte.

„Dem Franz net, aber dem Kaiser Maximilian I. Auf's Schloss nach Linz hätt i ihms bracht. Der hätt sich ganz sicher gfreit", verteidigte sich die Ehefrau.

Der Ehemann meinte etwas verächtlich: „Maximilian von Linz?" Er schüttelte den Kopf. „In welchem Jahrhundert bist du eigentlich zhaus? Die Habsburger regiern scho long nimmer. Unser Kanzler haast Sebastian Kurz."

Die Ehefrau seufzte nachtrauend: „Jo, schad is scho. Obwohl der Sebastian Kurz genauso schneidig ausschaut wie der Franz woar."

Dies reizte den Ehemann: „Jo kriag i jetzt a Stickerl von der Torten oder muss i vorher noch an Frack anziehn?"

Die Ehefrau legte ein Stück Torte auf seinen und ihren Teller: „Mogst auch an Kaffee?"

Der Ehemann beruhigte sich: „Jo, Kuchen ohne Kaffee, wo gibst denn so was? Host ach an Schlagobers?"

Die Ehefrau goss Kaffee aus: „Na, Sahne is ma ausganga."

Der Ehemann meinte bissig: „Du wärst besser ausganga als der Schlagobers."

„Wie moanst denn dös jetzt?", murrte die Ehefrau.

Der Ehemann antwortete gehässig: „Du hättst besser vor dem Backen olls eingholt."

„Ach so. Na ja, i hobs net aufm Zettel drauf ghabt."

Beide begannen, den Kuchen zu essen und Kaffee zu trinken. Die Ehefrau blätterte im Weihnachtsprogramm der Wiener Oper. Begeistert meinte sie: „Du, die Wiener Oper hot an tolles Programm über die Weihnachtstog. Tschaikowskis Nussknackerballett, das Weihnachtsoratorium und die Zauberflöte. Bestimmt is wieder olls ausverkauft."

Der Ehemann referierte: „Jo, des is guat fürs Gschäft. Do kuman die feinen Herrn mit die Damen und lossen sich durch Wien kutschieren. Dös gibt a scheenes Trinkgöld."

Ehefrau bestätigte: „Fiaker müsst ma sein. Wos meinst, solln wir auch in die Oper gehn?"

Der Ehemann entrüstete ich: „Wos, du und i, in die Oper?"

Die Ehefrau schwärmte: „Warum net? Do könnt i endlich wieder mein schickes Kleid und den Nerzmantel auftragen."

„Dös konnt's auch ohne die Oper. Gehst mit dem oiden Mantel von der Tanta Ida halt in den Prater", entgegnete der Ehemann.

Die Ehefrau war verärgert: „Oider Mantel? Wos kann i denn dafür, dass du mir keinen gscheiten Mantel schenkst?"

Ehemann verteidigte sich: „Jo bin i vielleicht a Göldspucker oder an Fiaker?"

„Jo, is scho recht, ober die Leit im Parkett, weißt, die schauen immer so feierlich aus", schwärmte die Ehefrau.

Herr Hollischek regte sich auf: „Na servas, wann i die in der Kutschen sitzen hob, san di goar net feierlich. Do redens nur gschwollen doher. Und die so gonz nobel san, stehn am Würschtlstand, verdrücken die Debreciner und geben ka Trinkgöld."

Die Ehefrau grittelte: „So, so. Wann i mit dir im Fiaker sitzen tät, wüi ds du dann a Trinkgöld gebn?"

Herr Hollischek stellte fest: „I red von die noblen Herrn, net von am Fiaker!"

Die Ehefrau bemerkte spitzfindig: „San die Fiaker net nobel? Bist deshalb so grantig? Host vielleicht Angst, i würd di für an noblen Herrn holten?"

Der Ehemann war etwas genervt: „Wos, wos moanst dann domit? An Fiaker is wos Bsondres, der foart nur in Wean."

Ehefrau räsonierte: „A Kutscher is a Kutscher."

Der Ehemann ärgerte sich. „Wos haast, a Kutscher is a Kutscher? An Fiaker foart die holbe Wölt durch Wean, von der Oper zum Heurigen, vom Lusthaus zum Stephansdom. Oll Leit hob i schon durch Wean gfoarn. Do soll a Fiaker nix Besondres sein?"

„I hob net gsogt, dass du nix Besondres wärst", erklärte die Ehefrau.

Der Ehemann stammelte besänftigt: „So? Host net?"

Ehefrau wiederholte: „Na, i hob gsogt, dass du an Kutscher bist."

Der Ehemann empörte sich wieder: „Jo, a Kutscher is a Kutscher, host gsogt. Als wenn i net nobel sein könnt. Wann i in die Oper mit dir gehn würd, tät i jedenfalls an Champagner trinken un net so an gzuckertes Wasser und außerdem tät i an Weaner Schnitzel bestölln anstatt am Würschtlstand umadum stehn un den Senf vom Finger schlecken."

Die Ehefrau sagte verschmitzt: „An Fiaker geht also doch in die Oper, trinkt Champagner und isst Weaner Schnitzel?"

Der Ehemann bestätigte: „Dös hob i gsogt."

„Hob i doch gwusst, dass'd nobel sein kannst, wennst willst. Dann bestöll i jetzt Karten für die Zauberflöte von Mozart und an Tisch im Restaurant Albertina", freute ich die Ehefrau.

Ehemann grantelte wieder: „Mozart, wieso denn Mozart? Bist a Weanerin oder a Salzburger Nockerl?"

Die Ehefrau entgegnete: „Bist du an Fiaker oder an Kutscher?"

Wartezeiten

Scheite brennen,
Feuer lodert auf in den Kaminen,
treuer werden sich die Menschen,
reichen sich die Glühweinkännchen,
ordnen die Vitrinen.

Wartezeiten für die Kinder,
Bäckerei im Hochbetrieb,
alle Socken aufgehängt,
hurtig, denn die Zeit nun drängt!
Bitte keine Flüche!

Wenn der Nikolo da droben,
fertig ist mit Robenproben,
kommt er durch die Nacht geritten
mit riesigem Geschenke-Schlitten,
freut sich, was da groß und klein,
Nikolo im Sternenschein.

Das große Vorbild

Elisabeth Hollischek saß am Küchentisch und las in der Zeitung. Herr Hollischek kam herbeigeeilt und hielt die Post in der Hand. Während er den Brief der Stadtverwaltung öffnete, murmelte er vor ich hin: „So wos, die Stadt Wien schreibt mir einen Eilbrief." Er nahm das Schreiben heraus. Neugierig geworden fragte Frau Hollischek: „Wos, der Stadtvater? Host was angstellt? Host die Poback-Schürz für die Pferdeäpfel net angmacht?"

„Wos redst dann do? Bei mir iss olls vorbildlich. Do gibt's ka Schmuh", verteidigte sich der Ehemann.

„Jo, wennst meinst. Du bist ja das große Vorbild von Wien. Wos schreibt a denn, der Herr Bürgermeister?", wollte Frau Hollischek wissen.

Er las vor: *Sehr verehrter Herr Hollischek. Die Stadt Wien möchte Ihnen für Ihren vorbildlichen Einsatz danken. Wir alle wissen, dass die Beförderung der Gäste für die Stadt Wien von großer Bedeutung ist. Damit dies auch so bleiben kann, bitten wir Sie, in der laufenden Saison darauf zu achten, dass die Gäste genug Abstand zueinander halten. Wir möchten nicht, dass in Wien eine Infektionswelle anrollt wie in Ischgl. Schicken Sie uns deshalb Ihre Hygienekonzeption zur Genehmigung zu.*

„Na servas, dös kann ja heiter werden", bemerkte Frau Hollischek.

„Heiter? Dös is ja, dös is ja so an Blödsinn! Abstand, in a Kutschn? Sans die jetzt olle verrückt gworden? Außer dem Futtermittelpaket hot kaana dös gonze Johr wos gsogt und sich gekümmert, goa nix is von dena kummen und jetzt soll i vier Wochen vor Weihnachten a Hygienekonzept vorlegen? I glaubs ja net." Herr Hollischek griff sich vor lauter Aufregung ans Herz und keuchte laut.

Frau Hollischek war besorgt. „Wos regst di dann so auf? Komm, hock die nieder, i bring dir an Viertele." Frau

Hollischek holte ein Glas und die Weinflasche aus dem Kühlschrank, stellte alles auf den Tisch und schenkte ihrem Gatten ein. Herr Hollischek setzte sich hin. „Wos soll ma sich do net aufregen. Der Ausfall im Frühjahr und über Sommer hot gnug gekostet. Jetzt machen die mir dös gonze Weihnachtsgschäft kaputt! Diese depperten Verwaltungsbeamten!"

„Do, trink a Schluck auf den Schrecken, dann wird's dir gleich besser gehen", riet ihm seine Ehefrau. Herr Hollischek trank das Glas aus und stellte es wieder hin: „Konnst ma noch a Schluck einschenken? I bin erledigt." Frau Hollischek goss nach und erklärte: „Weißt wos, du gehst jetzt zur Stadtverwaltung und erklärst denen, dass dös net geht. Ihr tragts ja eh schon alle Masken!"

Herr Hollischek trank das Glas wieder aus und überlegte, weshalb er dieses Schreiben von der Stadt bekommen hatte. „War dös vielleicht der Krampus des Weaner Nikolo? Wanns mit der Bim foan, sogt koana wos. Do reicht a Masken aus."

„Der Krampus soll sich das ausgedacht haben? Dann hättst jo wos angestellt?" rätselte die Gattin.

Herr Hollischek war sich keiner Schuld bewusst. „Wie, was soll i angestellt haben. I bin dös Vorbild für olle jungen Fiaker. Bei mir läuft olls nach Vorschrift." Frau Hollischek neckte den Gatten: „So, so. Und wos ist mit dem Trinkgöld? Tust dös deklarieren?"

„Deklarieren? I zahl gnug Steuern. Außerdem ist dös auch für dich an Toschengöld", rechtfertigte sich der Fiaker. „Für mi? Seid wann kriag i von dir Taschengöld vom Trinkgöld ab?", staunte die Frau des Fiakers. Herr Hollischek beichtete: „Seit dem i di als Reinigungskraft für die Kutschen angeb." Hatte sie doch geahnt, dass etwas nicht stimmte. „So, so. Seit wann mochst das denn scho so?", lockte die Gattin die ganze Wahrheit aus ihm heraus. Herr Hollischek räusperte sich und erklärte: „Seitdem dös Trinkgöld zum Einkommen dazu ghört." Also doch, die Steuererklärung entsprach nicht ganz den Einnahmen. „Kein

Wunder, dass der Nikolo nicht gut auf dich zu sprechen ist", ermahnte ihn seine bessere Hälfte. „I wüsst, wie du dös wieder gutmachen konnst".

„So, wie soll dös gehen?", bangte Herr Hollischek. Frau Hollischek verlangte: „Ja, i kriag a schöne Nachzahlung und die Stadt zieht die Auflagen wieder zruck." Na servas, dachte Herr Hollischek, dös kommt davon, wenn man olls erzählt und grantelte: „Du glaubst wohl tatsächlich an den Weihnachtsmann!" Nach einer Minute Bedenkzeit meinte er dann: „An Versuch wärs ja wert. I geb dir a Nachzahlung seit der Coronakrise."

Die Ehefrau lehnte den Vorschlag ab. „Wos, da kommt nix bei raus! Do musst scho tiefer in die Toschen greifen. Denk dran, der Nikolo sieht und hört olls." Frau Hollischek gefiel sich in der Rolle der mahnenden und benachteiligten Ehefrau. „Na gut, i geb dir fünfhundert Euro als Pauschale fürs Erste", gab der Ehegatte nach.

„Und dann jeden ersten die Hölfte vom Trinkgöld?", stockte Frau Hollischek den Obulus auf. Herr Hollischek wurde jetzt leicht ärgerlich und wehrte ab: „A viertel täts auch!"

„Also gut, a viertel, mindestens aber fünfzig Euro im Monat. Dös könnt den Nikolo und den Krampus umstimmen und du brauchst ka Hygienekonzept", beharrte die Gattin. Herr Hollischek zweifelte: „Wers glaubt, wird selig. Wenns Finanzamt frogt, must du aber bestätigen, dass du meine Reinigungskraft bist. Sonst muss I nachzohlen", grummelte der ertappte Fiaker.

„Welche Ehefrau ist dös net?", stöhnte sie.

Es klingelte. Herr Hollischek schreckte auf: „Jo, wer is dös denn jetzt? I geh scho." Herr Hollischek ging an die Tür und kam mit einem weiteren Brief zurück. Frau Hollischek fragte wieder neugierig: „Wos ist denn das jetzt für an Brief?"

„Dös war an Einschreiben zum Eilbrief mit direkter Auslieferung." Er öffnete hastig den Brief und entnahm das

Schreiben. Frau Hollischek bat ungeduldig: „Jetzt lies doch scho vor."

Herr Hollischek begann zu lesen: *Sehr geehrter Herr Hollischek. Wir informieren Sie darüber, dass die letzte Post von uns ein Irrtum war. Die Aufforderung zur Vorlegung eines Hygienekonzepts war nicht an die Fiaker adressiert. Das war das Schreiben an die Öffis, also Bus, Bahn und Bims im April. Unser automatischer Serienbrief hat eine falsche Vorlage bzw. Adresse gezogen. Wir bedauern, Ihnen Umstände gemacht zu haben und senden Ihnen stattdessen den Brief vom Wiener Nikolaus mit den besten Grüßen für Ihr vorbildliches Verhalten gegenüber Ihrer Stadt und Ihrer Familie. Wir wünschen Ihnen ein gutes Weihnachtsgeschäft. PS: Der Termin zur Abgabe der Steuererklärung für 2020 wird aufgrund der Coronakrise um vier Monate verlängert. Ihre Stadtverwaltung Wien.*

„Na, glaubst jetzt vielleicht an den Weihnachtsmann?", lachte Frau Hollischek.

Der Nikolo

Der Nikolo, der Nikolo,
macht alle Kinderherzen froh.
Er stapft im Winter durch die Alp,
segnet die Kuh, das kleine Kalb
und neben ihm, sein Helfer Krampus,
trägt die Geschenke auf den Campus.

Die Liste hat er auch dabei,
trägt vor die ganze Litanei
der großen und der kleinen Sünden
und schöpft dabei aus heil'gen Pfründen,
wenn er zur Umkehr ruft und Treu.
Und alles jedes Jahr aufs Neu.

Dass jedes Menschenkind auf Erden
an Weihnachten kann glücklich werden.

Kältegipfel

Die Botschaft gefrorener Klippen:
hier sprang ein Steinbock in den Tod.
In raue Eisflächenrippen
hämmert die Kälte das Aufgebot
des Winters. Wo Schneebretter
wie Schürzen Felsen überragen,
regt sich kein Laut.
Die gähnenden Gipfel vertagen
das Licht, hier wird kein Haus mehr gebaut.

Und die aus Höhen fallenden Flocken
verhärten im ewigen Eis.
Die dunkle Zeit kam ins Stocken,
hält an den Erdenkreis.

Wenn viele Monde gegangen
im niederen Sonnenlauf,
von den Hängen mit rosigen Wangen
ein Kälbchen wandert bergauf.

Ein nobler Herr

Herr Hollischek saß am Tisch und las in der Zeitung. Ehefrau Elisabeth Hollischek kam herbeigeeilt und hatte die Post in der Hand. Frau Hollischek war freudig erregt: „Max, Max, stell dir vor, die Lissy kommt nach Wien, um uns zu besuchen." Herr Hollischek schaute auf: „Die Lissy, na servas, dieses überkandidelte Plappermaul? Wenn die kommt, moch i drei Schichten."

Frau Hollischek stutzte: „Wieso, die Lissy ist wie die Tante Ida und die host doch gern ghobt."

„Jo, die hott a net ununterbrochen daher gredt."

Frau Hollischek beschwichtigte ihn: „Weist wos, i geh mit der Lissy übern Weihnachtsmarkt und dann in a Kaffeehaus."

„Dös mochst. Donn hob i a mei Rua", atmete er auf.

„Du und dei Rua. Wenns net auf'm Bock sitzt, gehst eh zum Heurigen", lästerte die Ehefrau.

„Wie moanst jetzt dös? I werd doch wohl noch am anstrengenden Tag a Glaserl Wein trinken dürfen."

Frau Hollischek versuchte, ihn zu besänftigen: „Iss scho recht. Um dir dei Rua zu lassen, brauch i aber für den Bummel a Göld."

„A Göld. Na servas." Er griff nach seinem Geldbeutel, nahm zehn Euro heraus und legte ihn auf den Tisch. „Do host a Göld."

„Wie a Göld? Zehn Euro?", fragte sie verständnislos.

„Dös langt für'n Kaffee mit Schlagobers."

Frau Hollischek entgegnete: „Für'n Kaffee mit an Schlagobers? Du mochst Scherze. I hob gsogt, dass i mit der Lissy bummeln geh oder willst, dass i mit ihr heimkomm?"

Herr Hollischek gab nach: „Na gut, dann halt's Doppelte für a Stickerl Sachertorten." Er nahm einen weiteren Schein aus der Geldbörse und legte ihn auf den Tisch.

Frau Hollischek mäkelte weiter: „Wos soll i mit zwanzig Euro. Glaubst vielleicht, dass i im Kaufhaus dafür irgendwas kriag?"

„Einen Schal wirst scho dafür kriagen."

Frau Hollischek empörte sich: „Wos, i soll mir an Schal kaufen? Bist noch gscheit?" Herr Hollischek versicherte: „Nur weil die Lissy kommt, werd i net zum Göldpucker werden."

Frau Hollischek piekste den Gatten weiter: „Du und a Göldspucker. Des i net loch."

Herr Hollischek war nun aufgebracht: „Wie moanst jetzt dös? A Fiaker verdient a guat's Stickerl Göld. Deswegen muss du's noch long net zum Fenster rauswerfen."

Frau Hollischek hänselte: „Wenns meinst. Donn komm i mit der Lissy halt zum Heurigen. Bei deiner Zeche fällt dös net weiter auf." Der Gatte erschrak: „Dös mochst net. Dann konn i nix mehr trinken."

„I geh jedenfalls net mit zwanzig Euro bummeln. Wer an Nerzmantel trägt, brauch auch a Bargöld", beharrte die Gattin weiter. „Jetzt muss i lachen. Der oide Mantel von der Tante Ida iss doch schon ganz abgetragen. Da sieht ma schon's blanke Leder. Am besten, du ziehst ihn net an, sonst blamierst mi noch bei der Lissy", polterte Herr Hollischek.

„Blamieren? I hob aber keinen ondern Mantel als das Erbstück von der Tante Ida."

„Dann kaufst dir holt a neuen", entfuhr es dem genervten Ehemann. „Gut, dann geh i mir jetzt an vernünftigen Mantel kaufen. Dös kost aber scho was." Herr Hollischek grummelte vor sich hin und griff wieder in den Geldbeutel. Er legte nun dreihundert Euro auf den Tisch: „Na servas, dös iss a teurer Besuch! So, dös wird ja jetzt wohl ausreichen. Es muss jo ka Nerzmantel net sein."

„Hob i doch gwusst, dass du großzügig sein kannst. Sonst wärst auch kein Fiaker, die san nämlich alle nobel", lobte Frau Hollischek den einsichtigen Gatten.

Herr Hollischek fühlte sich jetzt geschmeichelt: „Iss scho recht. Als Fiaker weiß ma eben, was sich ghört."

Frau Hollischek schmeichelte sanft: „Dank dir schön, mein nobler Herr Fiaker." Sie küsste ihn auf die Wange. „Die zwanzig Euro kannst behalten. Damit im Heurigen an mi denkst und weiter trinkst."

Zwergschnauzers Kaffeekränzchen

Ein kleines Schnauzermännchen
trank gerne aus dem Kännchen,
die Pfoten lagen auf dem Tisch,
er leckte sich mit einem Wisch
das Wasserschäumchen ab,
dann sprang vom Stuhl er ab.

Sein Frauchen war stets vornehm
und löffelte die Milchcreme
wie einen Becher voller Eis
und machte sich die Lippen weiß.
Servietten nahm zum Schluss
sie nach dem Kaffeekuss.

Sie tupfte ihre Lippen,
als würd sie Briefe tippen.
Das Schnauzermännchen sah sie an,
fragend, ob sie ihn streicheln kann,
sprang gleich auf ihren Schoß,
legte mit Kuscheln los.

Das Frauchen, noch nicht fertig,
die Lippen kaffeebärtig,
rief: „Männlein, du bist aber schnell,
hab noch Gebäck mit Karamell,
spring ab, mach erst mal Sitz,
mein lieber kleiner Fritz."

Da winselte das Fritzlein
mit traurig bittren Äuglein,
bis Frauchen schob das Restgetränk
von sich und krault ihn eingedenk
des sehnsuchtsvollen Blicks

mit einem Streichelmix.

Fritz schnurrte wie ein Kätzchen
und fischte sich das Plätzchen,
das auf der Untertasse lag,
mit einem leichten Pfotenschlag.

Da fiel die Tasse um
und leerte sich, wie dumm,
auf Frauchens weißbetuchten Rock,
er wurde nass, ein feuchter Schock.

Das Frauchen sprang schnell auf,
dem Fritzchen in den Lauf.
Der bellte ganz erbärmlich,
war ganz und gar nicht herrlich.

Die Kellnerin, die stehen blieb,
sah's Frauchen, wie sie's Röckchen rieb.
Der nasse braune Fleck
ging aber nicht mehr weg.

„Ja gute Frau, wie peinlich!
Im Grund ist ein Hund reinlich.
Wenn's wiederkommen, bittschön, ja,
gehn's vorher Gassi und net da!"

Maroni fürs Herz

Frau Hollischek war gerade dabei, das Weihnachtsmenue zu kreieren, als es an der Tür klopfte.

„Jo, jo, I komm scho." Sie ging zur Tür und öffnete.

Ein älterer Herr hielt einen Korb voller Maronen hoch und sagte: „Gute Frau, I hob wos Leckres zum Fest. Schauns her, das sind die besten Maronen, die ich heuer geerntet hab. Es sind so viele, dass ich sie direkt anbiete, damit sie net verkommen."

Frau Hollischek staunte. „Jö, Maroni. Do müsst I das Festmenue umstellen."

Der Maronibauer stellte den Korb ab. „Machens doch Maroniknödel zur Gans mit Apfelrotkohl."

Frau Hollischek überlegte: „Hm, Maroniknödel. Da müsst I erst an Rezept suchen."

„Ach, dös is gonz einfach. Erdäpfel kochen, pressen, verkneten mit Mehl, Goldgries, Eidotter, Butter, Maisstärke, a bisserl Muskatnuss und Salz. Dann passieren Sie das Maronimark durch an Sieb, verrühren es mit Rum, Staub- und Vanillezucker und stellen es kalt. Donn rollens den Teig aus, stechens Scheiben aus, formens aus der Maronimasse Kugerln und setzen die auf die Teigscheiben drauf. Jetzt brauchens nur noch große Kugel formen und im Salzwasser ziehen lassen."

„Da läuft einem ja das Wasser im Mund zusammen. Jö, das is a schöne Sach. Gut, I kauf a Schüssel voll. Wartens bittschön, I hol sie." Frau Hollischek wollte sich schon umdrehen und ins Haus gehen.

„Wartens", rief der Verkäufer, „do, nehmans den ganzen Korb. Sie kriagn ihn auch für zehn Euro."

Frau Hollischek staunte: „So wos, jo guat. Dös moch ma." Sie ging ins Haus, nahm die Geldbörse und einen eigenen Korb. Der Maronibauer schüttete sie um, sie gab ihm den verlangten Preis und bedankte sich.

Herr Hollischek kam von der Arbeit nach Hause. Er zog die Stiefel von den Füßen, hängte seinen Mantel auf und ging in die Küche. Auf dem Tisch stapelten sich die Schalen der Edel-kastanien.

„Jo, wos is denn das?", fragte der Fiaker erstaunt.

„Na, du, heut war a Händler an der Tür. Der hott mir doch tatsächlich an ganzen Korb Maroni für zehn Euro verkauft", verkündete Frau Hollischek ganz stolz.

„So, so. Wos mochst denn mit den ganzen Maroni. Willst beim Ottakringer Weihnachtszauber mitmochen?"

Frau Hollischek lachte: „Dös is gar kein schlechte Idee. Donn könnt I was dazu verdienen."

„Wieso das, die Ehefrau eines Fiakers muss ka Göld verdienen. Reicht das Haushaltsgöld net aus?", grantelte Herr Hollischek.

„Wenns so frogst, a bisserl mehr wär net schlecht."

„A bisserl mehr? Reichts Toschengöld net, dassd noch wos dazu verdienen willst? Du weißt, I bin ka Göldspucker", erklärte Herr Hollischek.

„Na, dös woarst noch nie. Wenns ums Göld geht, host ka Herz mehr. Do konn I noch so oft in Kirchen rennen und für di beten."

Herr Hollischek war irritiert. „Wie, du betest für mi in da Kirchn?"

„Ja, I will doch, dassd in Himmel kommst."

„Warum soll I net in Himmel kommen. I bin a treuer Staats-bürger, zahl meine Steuer und dir a Haushaltsgöld und To-schengöld."

Frau Hollischek grinste. „Jo scho. Aber olls ist knapp be-messen. Gegen di is a Geizhols a Musterschüler."

Herr Hollischek war gekränkt. „Wos, I an Geizhols? I? Host noch imma olls kriegt, wos brauchst. Oder net?"

„Jo scho. I muss nur immer nochfrogn, wanns net reicht. Du host vergessen, dass olls teurer gworden is. Do is es scho a Wunder, dass I für zehn Euro soviel Maroni kriag hob. Viel-leicht war dös jo da Krampus als Bauer verkleidet. Wenigs-tens reichts auch noch für an Kuchen, wo's Mehl doch auch teurer gworden is."

„Du redst, als ob I net für uns sorgen tät. Wos fehlt dir denn?"

„Wenns scho frogst, I brauch neue Stiefel fürn Winter und a neue Handtoschn wär auch net schlecht", erwiderte die Ehefrau.

„Reichts Toschengöld net. Wos mochst dann mit dem ganzen Göld?", krittelte Herr Hollischek.

„Dös Toschengöld geb für den Haushalt aus. Olls is doch teurer gworden oder host dös gar net mitkriagt."

Herr Hollischek bekam ein schlechtes Gewissen. „Jo warum sogst dann dös net. I bin doch ka Unmensch."

„Fiaker verdienen net so gut, host neulich noch gsogt. I will di doch net aussaugen. Da opfere ich holt dös Toschengöld."

„Dös brauchst wirklich net. An Fiaker kann seine Familie gut versorgen." Herr Hollischek kramte in seinen Schrank und nahm eine Mappe mit Geldscheinen heraus.

„So, do host noch an Hunderter." Er legte den Schein auf den Tisch.

„Wos, an Hunderter. Wenn I nachdenk, hob I schon die letzten drei Monate dös Toschengeld in den Haushalt gesteckt," rügte Frau Hollischek den Ehegatten.

„Wie drei Monate? Dös wären ja.."

„Genau. Aber wenns fürs Erste die Stiefel und a neue Toschen zahlst, reicht a Erhöhung um monatlich zweihundert Euro aus."

Herr Hollischek war verunsichert. „Jo wos kost denn dös plls?"

Frau Hollischek lächelte. „Am besten, du gibst mit die Kreditkartn, dann konn I einkaufen gehen und du gibst mir ab jetzt zweihundert Euro mehr im Monat."

„Gib aber net zu viel aus, sonst is fürs Weihnachtsessen nix mehr übrig."

„Na, dafür hob I doch gsorgt. Es gibt Gans, Apfelrotkohl und Maroniknödel. Und zum Kaffee a Maronigugelhupf", versprach Frau Hollischek.

„Jo host denn a Rezept für die Knödel", grantelte Herr Hollischek nun wieder.

„Wos glaubst, weshalb der Krampusbauer geklopft hot?"

„Was weiß I. Vielleicht um a Weaner Hausfrau zu verwirren mit seinen Edelkastanien."

„Oder um an Weaner Fiaker darin zu erinnern, dass an Weihnachten a guats Herz das Wichtigste ist."

Jetzt fühlte sich Herr Hollischek äußerst unwohl. Er kramte in seiner Mappe und nahm weitere Geldscheine heraus. „Do host noch dreihundert extra. Konnst dir noch was für Weihnachten aussuchen. Für meine Frau is mir nix zu teuer." Herr Hollischek legte das Geld und die Kreditkarte auf den Tisch.

„Hob I doch gwusst, dass du a guats Herz host. Schließlich bist a Weaner Fiaker und die haben olle a guats Herz", lobte Frau Hollischek und küsste den Gatten.

Der Genießer

Auf großen runden Blechen hocken
Häufchen Eischaumkokosflocken.
Sie warten auf den Ofenbrand,
damit sie später ganz galant
auf den Lippen und im Gaumen
Verzücken in die Augen pflaumen.
Wen's nicht berauscht, der tröste sich
mit Sahne und mit Apfelstich.

TIROL

Weihnachten in der Berghütte

Kalt war es geworden. Es schneite. Ununterbrochen. Meterhoch stapelte sich der Schnee bereits. Heute war sicher schwer durchzukommen auf die Alp. Obschon der Räumdienst hier vorbildlich funktionierte. Sie wärmte sich Milch auf. Das würde ihr guttun. Ob Gregor gut im Tal angekommen war?

Die Frau kuschelte sich in eine Decke, setzte sich auf die Bank und trank die warme Milch. Wie gut, dass sie ihr Häkelzeug mitgenommen hatte. Sonst würde ihr die Zeit lang werden. Sie war gerade dabei, das Vorderteil des Pullovers wieder aufzuziehen, als sie ein Klopfen und Pochen hörte. Wer konnte das wohl sein? Hatte sich jemand verirrt und suchte Schutz? Sie ging an die Tür.

„Wer ist da draußen?", rief sie. Keine Antwort. Merkwürdig, dachte sie und rief nochmals: „Hallo, wer ist denn da?" Niemand meldete sich. Vielleicht war bloß ein Holzscheit vom Stapel gefallen und hatte die Tür gestreift. Sie setzte sich wieder auf die Bank. Da rumpelte es nochmals. Was war das nur? Ob sie öffnen sollte? Sie war allein. Angst hatte sie nicht direkt, nur ein unheimliches Gefühl.

Vielleicht war es doch keine so gute Idee gewesen, sich eine einsame Berghütte zu mieten. Andererseits wurden gerade diese Unterkünfte als besonders romantisch angepriesen. Suchten sie nicht diese Einsamkeit, um abschalten zu können, um gerade in der Weihnachtszeit der Hektik und dem Stress zu entfliehen, endlich runterzukommen von diesem Berg aus sozialen Verpflichtungen, um die Weihnachtszeit ruhig und besinnlich erleben zu können. War das etwa ein Trugschluss? Wäre Gregor nicht ins Tal gefahren, um ein paar Besorgungen zu machen, würde sie nicht darüber nachdenken.

Wieder ein Geräusch. Es hörte sich an, als wäre Schnee vom Dach gerutscht. Hoffentlich war der Eingang nicht versperrt. Sollte sie nicht die Tür aufmachen und nach dem Rechten sehen? Vielleicht suchte jemand Hilfe. Maria und Josef hatte niemand aufgemacht. Aber das würde heute nicht mehr geschehen. Oder doch? Könnte sie sich verzeihen, wenn jemand vor ihrer Tür erfrieren würde? Wie beunruhigend, inmitten dieses heftigen Schneefalls allein zu sein. Mozarts kleine Nachtmusik ertönte.

„Hallo Gregor. Gut, dass du dich meldest. Hier sind seltsame Geräusche ums Haus herum zu hören." Ihre Stimme klang besorgt. „Ich wollte niemand reinlassen. Man weiß ja nie, wer da an die Tür klopft."

„Deshalb rufe ich an. Steinböcke und Hirsche sollen sich unweit unserer Hütte versammelt haben, hat mir die Kassiererin des Supermarktes erzählt. Jeden Winter kämen sie bis zum oberen Kamm wegen der Wiesen an den Abhängen. Bleib einfach im Haus. Dann wird dir nichts geschehen."

„Gottseidank. Ich hab mir schon Vorwürfe gemacht."

„Was denn für Vorwürfe? Mach die Tür nicht auf, hörst du. Ich bin gleich zurück." Sie drehte das Radio an. „Hallo liebe Leute, sie hören die Wetterschau des Tiroler Rundfunks. Tirol ertrinkt bis zum Nachmittag im Schnee. Lawinengefahr besteht aber nicht. Die Temperaturen liegen bei minus vier Grad. Hüttenbewohner in den Tuxer Alpen aufgemerkt: Bleiben sie in den Hütten, machen sie es sich am Kamin gemütlich. Und keine Angst, wenn's rumpelt. Steinböcke sind wieder im Anmarsch, Hirsche sind auf der Wanderung. Also bleiben Sie froh und heiter, dann kommen sie immer weiter."

Sie ging ans Fenster, schob die Gardine zur Seite und sah den Berg hinauf. Tatsächlich, eine ganze Herde kletterte am Kamm. Die Geißen standen etwas abseits. Die Böcke waren sich im wahrsten Sinn in die Hörner geraten. Sie musste wohl die Brunftschreie und Geweihstöße gehört haben. Ein Hirsch schaute genau in ihr Fenster hinein. Das musste wohl der Platzhirsch sein. So ist die Tierliebe in den Bergen, dachte sie, rau aber herzlich.

Ist der erste Schnee gefallen

Ist der erste Schnee gefallen,
ist das Winterherz erwacht.
In den Augen Winterfreude
über diese weiße Pracht.
Schreite langsam Schritt für Schritt
durch das Weiß, durch das Weiß,
nimm Freude mit.

Schlittenfahren in den Tälern
und der Schneemann wird gebaut.
Auf den Hügeln warten Kinder,
immer neu wird sich getraut.
Pflüge langsam Spur für Spur,
durch den Schnee, durch den Schnee,
mit Freude nur.

Ist der erste Schnee gefallen,
Wintersport die Lust geweckt.
Jeder Ski wird neu gewartet,
jede Abfahrt dich schon neckt.
Gleite lautlos, gleite leis
Berg für Berg, Berg für Berg,
durchs Winterweiß.

Die Wolferten kommen

In der Früh verhieß das zarte Rosa der Morgendämmerung einen malerischen Sonnenaufgang. Der Himmel schälte das Blau streifenweise aus dem Dunkel der Nacht. Das Licht des Sonnenfensters hellte sich in die Augen der Schlafmützen. Wir waren da bereits hellwach unterwegs, wenn auch gähnender Weise.

Die Anreise in Österreich ist kein Vergnügen. Megastau! Zwei Stunden Stopp and Go für ganze fünfundfünfzig Kilometer. Hadern hilft nicht. Alle Ortsdurchfahrten sind gesperrt. Lediglich der Achensee entschädigt für dieses Anfahrstrauma in Blech. Er atmet eingebettet in steile, weiß besprengte Berglandschaften mit traumhaften Tälern.

Die Autobahnabfahrt vor dem Tunnel der Bundesstraße suggerierte noch freie Fahrt. Doch auch dies entpuppt sich später als Makulatur. Es gab eine Massenkarambolage. Sicher eine der Ursachen für dieses Verkehrschaos. Die eigentliche Ursache war jedoch, wie wir später erfuhren, die Verkehrspolitik der Österreicher. Um die kleinen Dörfer vor Touristen zu schützen, hatte die Politik beschlossen, den Verkehr von den Ortschaften fernzuhalten. Damit niemand die Absperrungen umfahren konnte, standen sogar an jeder Abfahrt Polizisten, die kontrollierten.

„Wenn I privat anreisen würde, käm I nie auf die Idee, samstags zu fahren. Während der Woche gibt's ka Probleme. Samstags kummen die Wolferten", erklärt uns beim Abendessen die Restaurantfachfrau.

Vor Jenbach hat ein Riss in den Wolken ein schillerndes Farbenprisma entstehen lassen, Polarlichtern gleich. Wir staunen. Die Gipfelkette rührt beinahe an den Regenbogenflimmer heran, fast wie eine Schutzmauer vor dem Sonnenfeuer, das aus dem Weiß einen Glitzerteppich animiert. Als wir endlich ankommen, stöhnen alle, reden sich die

Strapazen von der Seele, löschen den Ärger über abgesperrte Zufahrtsstraßen mit einem Pils, ganz ohne Umleitung und Thekenstau. Beim Auspacken der Koffer lief die Fahrt vor meinem inneren Auge nochmals vorbei. Ich erinnerte mich an die vielen Moosflecken der Berghänge in Buchau, an die Schlittenspuren um die Privathäuser in Maurach, an die große Außenrutsche des Kinderhotels, die Pferdekolonne der Winterreiterei, die Drachenflieger, deren gelbe und rote Schirme sich vom Gipfel lösten und ins Tal schwankten. Ich war schon ganz gespannt, was Mayrhofen zu bieten hatte.

16.02.2020

Mayrhofen, schneefrei und wintergrün, Touristenhochburg mit Après-Ski-Diskos à la mallorquinischem Ballermann-Gehabe, erlebt eine Invasion. Etwa dreitausendachthundert Einwohner zählt die Marktgemeinde, heute sind unzählige Touristen angereist. Am Sonntagmittag sind alle Stühle im Außenbereich besetzt. Von Ruhe keine Spur.

Ich flaniere durch die Hauptstraße, sehe durch Schaufenster und Seitengassen. Mein Blick fällt auf die Gipfelspitzen, die im Gegensatz hierzu schneeweiß aufragen und das Sonnenlicht im Tal widerspiegeln. Zwischen dem Penkenplateau und der Seilbahnstation begegnen sich die Gondeln, gleiten wie Adler im Flug durch die Luft und entschwinden unkenntlich im funkelnden Schneefeld.

Nach unzähligen Sportbekleidungsläden, Skischulen, Souvenirgeschäften und Restaurants kommt mir die Kirchturmspitze entgegen. Kein Zwiebeltürmchen, nein, ein sich steil zuspitzender, fünfundfünfzig Meter hoher Turm mit Goldkugel und Drehkreuz. Die Pfarrkirche Maria Himmelfahrt bietet viele Kunstschätze. Seit dem fünfzehnten Jahrhundert mehrmals umgebaut erhob die Erzdiözese Salzburg erst 1858 Mayrhofen zur Pfarrei. Der grüne Spitzhelm wurde zuletzt zweitausendzwölf neu eingedeckt. Der Seiteneingang ist offen. An der Tür hängen Hinweise, dass dies ein Gotteshaus sei und man beachten sollte. Wohl dem Anschauungstourismus geschuldet.

Es riecht nach Weihrauch, um zehn Uhr wurde das Hochamt zelebriert. Die Stille kündet von intensiver Spiritualität. Ich spüre die Anwesenheit Gottes, seinen Geist, bete innerlich, bitte um Gnade und Wohlergehen für meine Familie. Der Hochaltar zeugt von barockem Glanz, rechts und links flankiert von den Erzengelfiguren Michael und Raphael.

An der Decke des Chores befindet sich eine Malerei aus der Zeit des Barock, eine Darstellung von Mariä Himmelfahrt. Im Eingangsbereich steht eine Madonna mit Kind aus der Zeit um siebzehnhundert. Neuzeitlich hingegen eine Deckenmalerei von Max Weiler. Die Rose von Jericho, so der Name des Gemäldes, misst dreißig Quadratmeter, entfaltet eine leuchtende Farbenpracht im achteckigen Innenraum.

Im hinteren Bereich unter der Orgelempore brennen Opferlichter. Ein Windlicht kostet achtzig Cent, eine Osterkerze zwölf Euro fünfzig. Nachdem ich die Gebühr eingeworfen habe, zünde ich für meine Familie vier Windlichter an.

Andere Gotteshausbesucher tun es mir gleich. Eine Frau mittleren Alters, die in der vorletzten Bank des Kirchenschiffs saß, ist aufgestanden und kommt ebenfalls an den Opfertisch. Mir scheint, dass sie nach dem Rechten schauen wollte. Womöglich eine Art Aufsicht.

Als ich die Kirche verlasse, blendet mich das Tageslicht. Ich muss mich erst wieder dem Weltlichen zuwenden. Der Lärm reißt mich jedoch unvermittelt aus der Meditation heraus, zurück in die Gegenwart.

Jetzt laufe ich die Hauptstraße wieder zurück, bleibe öfters stehen, es geht jetzt ständig bergauf. Ich schnaufe wie ein altes Pferd. Keine Kondition, denke ich, wohlwissend, dass ich auch mit Training keinen Titel mehr gewinnen könnte. Auf der Brücke, die über die Ziller führt, bleibe ich stehen, betrachte den Flusslauf mit den kapriziösen Wasserschleifen um die vielen großen und kleinen Steine.

Nebel hängt ins Tal, verschleiert die Weitsicht, legt sich um den Penken wie ein Halstuch. Heute Mittag ist Regen angesagt und so mache ich mich auf, ein wenig Morgenluft zu schnuppern. Es ist ruhig, wenngleich die Ziller mit Geplätscher und Gurgeln auf sich aufmerksam macht und daran erinnert, dass sie der Ausgangspunkt für das Zillertal ist, die Lebensader der Region, ohne die es den Namen gar nicht gäbe. Der kleine, etwa ein Meter hohe Wasserfall jedenfalls lässt daran keinen Zweifel.

„Jetzt kumm, moch di auf oder willst wieder zruck?" ermahnt eine Skifahrerin ihren Sprössling. Die Schlange vor der Ahornbahn ist nicht lang. Unter der Woche scheint der Tourismus erträglich. Ein älterer Herr in Wollweste tritt an die Brüstung des Wasserfalls und raucht. Er muss wohl in einem der Hotels logieren. Vielleicht wohnt er aber hier, ein Mayrhofner, der den Morgen genießt.

Das Postauto fährt vor, der Linienbus kommt um die Ecke angefahren, biegt rechts ab, fährt über die Zillerbrücke und hält kurz dahinter. Weitere Skifahrer steigen aus und traben etwas schwerfällig mit lautem Klackklack der Skischuhe in Richtung Penkenbahn. Ich muss weiter in die Apotheke, Allergietabletten besorgen.

Die Pollen treiben in der Luft, Vorfrühling ist im Tal, die Hasel schüttelt bereits ihre gelben Kätzchen aus. Eigenartig ist das Gefühl, auf den Gipfeln satter Winter und hier unten fängt es an zu knospen. Jetzt fallen Sonnenstrahlen durch das Blau, ein roter Gleitschirm segelt hinab, ein Tandemflieger, dreht eine Schleife nach links, dann nach rechts und landet sanft in der Wiese hinter der Ziller. Gestern flogen sie alle dreißig Minuten, immer zwei kurz hintereinander.

Die Hauptstraße ist die Metropole von Mayrhofen, die Einkaufsstraße, die alles zu bieten hat, was das Käuferherz sich wünscht. Eingezeichnete Fahrradwege, markierte Fußgängerstreifen, dazwischen der Autoverkehr der Einbahnstraße. Wenn Busse fahren, wird es schon mal eng, ich gehe lieber noch mehr zur Seite, man weiß ja nie. Heute Morgen sitzt noch niemand auf den Stühlen der Straßencafés, das wird sich sicher bald ändern.

Anwohner sind unterwegs, Pensionisten und Mütter machen ihre Besorgungen fernab dem Rummel, der nachmittags losbricht, wenn die Bergbahnen schließen. „Host scho ghört? A Frau is obgstürzt, zehn Meter tief, glaub i. Die Rettung hots ins Spital bracht", erzählt eine ältere Dame einer deutlich jüngeren Frau mit Einkaufstasche. Ich erinnere mich, in der Tiroler Tageszeitung davon gelesen zu haben. Es wurde über mehrere Unfälle berichtet, meist mit deutschen Urlaubern. „Jo, jo, oarbeitslos werden die nie", sagt die jüngere Frau gelassen und verabschiedet sich.

Denkt man sich den Tourismus weg, lebt es sich bestimmt sehr angenehm hier oben, etwa fünfhundert Meter über dem Meeresspiegel. Die Höhenluft tut auch mir gut, meine Gelenke beginnen sich zu regenerieren, was bedeutet, ich kann besser gehen. Auch meine Haut verbessert sich bereits. Das Reizklima bringt meine Lungenflügel zum Durchatmen, ich fühle mich putzmunter.

Da entdecke ich eine Apotheke. Zwei Personen stehen an der Verkaufstheke, ich warte. „Grüß Gott. Ich hätt gerne dieses Medikament", sage ich und geb ihr den Zettel. Sie liest, dreht sich um und schaut über die Aufschriften der Schubladen der Apothekerschränke. Dann zieht sie eine auf und nimmt eine Schachtel heraus.

„Das ist der Wirkstoff, den Sie benötigen", sagt sie. „Ein Originalmedikament gibt es nicht?" frag ich sie. „Nein, es geht immer nur um den Wirkstoff." Gut, denke ich, wie in Frankreich. Ob es noch etwas sein soll, fragt sie. Ich schüttele den Kopf. „Danke, nur dieses Medikament. Vielen Dank." Ich zahle, packe die Tabletten in meine Handtasche und gehe wieder auf die Straße.

Von Bewölkung keine Spur. Die Wettervorhersage scheint nicht einzutreffen. Wir haben einen strahlend blauen Himmel, weiße Federwolken und puren Sonnenschein. Herrlich, denke ich und spaziere weiter die Straße hinunter. Ich sehe wieder den grünen gedrehten Spitzhelm der Maria Himmelfahrtskirche hinter dem Marktgemeindehaus aufblitzen. Laut Ortsplan muss sich das Europahaus in der Nähe befinden.

Ich biege in die Seitenstraße ein und schon sehe ich ein sechseckiges Gebäude in der Ferne. Das muss wohl das Kongresszentrum sein. Es wird ruhiger, wenig Verkehr und kein Straßenlärm mehr. Kaja Yanar kommt am ersten April nach Mayrhofen und andere, mir unbekannte Künstler. Hinter dem Europahaus liegt ein großer Parkplatz, der spärlich belegt ist.

Welch eine Ruhe strömt mir entgegen! Es scheint, als lägen diese Ferienwohnungen und Hotels auf der stillen Seite der Marktgemeinde. Privatvermietungen, Appartements und Pensionen reihen sich nebeneinander. Auch hier knospen schon Sträucher in den Vorgärten.

Die Sportplatzstraße zieht sich endlos, lange Hausnummern, das scheint hier Standard zu sein. Nebenstraßen und Sackgassen führen bis an die Bergwand. Die kunstvollen Verzierungen der Häuser heben sich von den Berghängen ab, die Balkone mit gedrechselten Holzstäben, die Fronten mit Zeichnungen von Kaiserin Maria Theresia bis hin zu modernen Malereien des Künstlers Helmut Rehm.

Pittoresk dieser Anblick menschlicher Bau- und Malkunst vor dem Hintergrund der Gebirgskämme, ein besonderer Anreiz für städtebaulich und kunstinteressierte Urlauber, fast eine Art Freilichtmuseum. Weshalb häufig Schilder angebracht sind, die warnen: „Betreten verboten", „Videoüberwachtes Gelände" oder „Privatgelände". Die Versuchung ist groß, aber ich respektiere das Privatleben der Mayrhofner.

Als ich am Sportplatz vorbeikomme, denke ich, dass ich bald auf eine Einbiegung zur Hauptstraße treffen muss, die Gondeln werden wieder größer. Das muss die Penkenbahn sein. Es stimmt, vor mir sehe ich die Volksbank und die Polizeistation.

Zurück auf der Hauptstraße dringt Musik aus einem Restaurant. Gestern waren wir in einer Après-Ski-Disko. Ein lautes Trommelfeuer, Stimmungsmusik meist im Viervierteltakt, ließ die Gäste unwillkürlich die Beine bewegen, auf dem Tisch eine Vortänzerin, etwa dreißig Jahre alt mit blondem, langem Haar, in der offiziellen Angestelltenkleidung mit Aufdruck für noch mehr Animation. Leere Bierflaschen rollten kistenweise an die Tür, das Personal hinter der Theke kam mit dem Ausschenken nicht mehr nach. Ständig wurde die Tür geöffnet, es wurde immer voller. Männliche Gäste suchten weibliche Gäste, weibliche Gäste suchten männliche, alles völlig zwanglos, den eigenen Bedürfnissen überlassen. Die Bar war bis in die Morgenstunden geöffnet. Wie muss es wohl in den anderen, noch überlaufeneren Orten wie in Ischgl oder Kitzbühel zugehen?

So, nun muss ich nochmal ins Sparkaufhaus und Pralinen besorgen, ein kleines Dankeschön für den ausgezeichneten Service unseres Hotels. Außerdem kaufe ich wieder die Tiroler Tageszeitung, um mich mit dem Leben der Marktgemeinde weiter vertraut zu machen. Skifahrer kommen mir entgegen, Mittagsrast scheint angesagt zu sein. Die Tische füllen sich. Bratengeruch zieht an meiner Nase vorbei und mein Magen funkt: ich habe Hunger.

Zurück im Hotel öffne ich die Fenster und blicke in das Panorama der Mayrhofner Bergwelt. Sonnenstreifen blenden mich, werfen Schattenstreifen zwischen Tannenbaumreihen, die schroffen Abhänge blitzen hellgrau auf. Ich sollte ins Restaurant gehen und mir eine Suppe gönnen.

Achenkirch

Felsenkronen
Wolken umschlungen
spitzen den Stein
ins Firmament

Gipfelstraßen
winden sich hinauf
Serpentine für Serpentine

über dem grünen Funkeln
des Achensees
Kältestille

Gesang der Schneeflocken
über dem Wasser
Klirren für Klirren

tiefgründiges Element
Urzeiten genährt
gewährt zwischen den Hängen
Drachenfliegern Aufwind
für die Gondel ins Tal

In Mayrhofen

In die Tasche gesteckt
Dorfplan
und losgelaufen.

Durch die verstopfte Hauptstraße
entlang der Fußgängermarkierung
vorbei an grantelnden Gästen.

Gipfelspitzen
über meinem Kopf
wachsen, in den Augen
ungezählte Angebote
für Mitbringsel.

Schneekanonen zielen ins Zillertal,
volle Kabinen gondeln durch die Luft,
der Druck lastet auf Stahlseilen
und auf dem Papier.

Ein grüner Spitzhelm
taucht auf,
das Kreuz dreht sich
richtungsweisend.

Maria Himmelfahrtskirche

Kirchenlicht blendet mich
barocke Spiegelung
der Vergangenheit.

Weihrauch schwelt
in stiller Kühle,
im Fresco kämpft Jericho
mit Rosen und Farben.

Kerzenschrein
der Opfergaben,
Wachsgeruch
das Bittgebet.

Madonnenlächeln
mit dem Kind im Arm.

An der Decke
geht der Himmel auf.

Stillschweigen.

Hüttenpause

An der Ahornbahn
die letzte Abfahrt
der Senke.

Die vollen Stühle und Bänke
reden von blauen und roten Pisten.

Verlorene Windelkinder
stapfen mit schweren Schuhen
im Schnee.

Die Abkühlung
ist eine Frage
der Bewirtung.

Unter dem Tisch
kursieren Dosen,
Keine Brezel ist umsonst.

Aprés Ski

Trommelfeuer im Viervierteltakt,
Hüften schwingen, Beine hüpfen.

Koketterie des Bierglases,
Kisten rollen und Schnapsgläser.

Auf dem Tisch
Vortänzerin zur Ausgelassenheit.

Hinter der Theke
emsiges Zischen und Kassieren.
Laufende Geschäfte.

Ausschau

Nebelschleier
und Wolkendunst,
das Gebirge ist erkältet.

Die Ziller gurgelt,
putzt Steine
im Wasserfall.

An der Brüstung
ein Zuseher,
bläst graue Kringel
in die Luft.

Rufen und Hupen,
die Post lädt aus,
der Linienbus hält,
Skischuhe klackern
über die Brücke.

Ich schließe das Fenster,
suche feste Schuhe
vor dem Ausgang.

Rundgang

Gelbe Kätzchen
schüttelt der Haselstrauch,
durch das Blau segeln
Federwolken und Gleitschirme.

Ruhe strömt
durch Seitenstraßen
und Hinterhöfe.
In den Gärten
knospen Sträucher.

Maria Theresia trotzt
an privater Front
modernen Zierereien.

Balkone täuschen
vor Berghängen
Zugänge vor.
Gedrechselte Holzstäbe
vergittern die Häuser.

„Betreten verboten"
mahnen Schilder.
Meine Füße loten
die Schuhe aus.

Die Feder

Engel hatten normalerweise, so glaubte man jedenfalls, lange blonde Haare. Sie schwebten mit ihren Flügeln hinunter auf die Erde und beschützten die Menschen. Schutzengel sorgten sich Tag und Nacht um sie, erzählte der Lehrer im Unterricht. Die Schüler staunten, einige konnten das jedoch nicht glauben oder sich gar vorstellen, dass es Engel überhaupt gab. Niemand hatte bisher einen gesehen, wie er vom Himmel herab auf die Erde sauste.

Julius sah auf die Uhr. Hoffentlich war die Stunde bald vorbei. Er war einer der Ungläubigen. Für ihn existierten nur jene Dinge, die er sehen, hören, riechen, schmecken oder fühlen konnte. Alles andere war Mumpitz für ihn.

Obwohl er mit seinen Eltern im Tal wohnte, half Julius seinem Großvater hin und wieder in der Holzwirtschaft. Auf der Alp war Brennholz noch immer das wichtigste Heizmaterial. Trotz des technischen Fortschritts transportierte sein Großvater traditionsgemäß die Stämme und Holzscheite auf dem Hornschlitten ins Tal. Wenn es frisch geschneit hatte, war die beste Zeit dazu.

Dabei war das nicht ungefährlich. Wie oft schon hatte er seinen Großvater vor dem Abtransport beten hören. Der Urgroßvater hatte noch als Holzknecht mit dem Beil gearbeitet. Heute fällte der Großvater das Holz mit der Motorsäge. Julius konnte sie bereits bedienen, er hatte es von seinem Opa gelernt. An manchen Tagen fällte er sogar die Bäume unter Anweisung des Großvaters allein, weil dieser sich unwohl fühlte oder ihm die Kraft fehlte. Seine Mutter hatte es ihm zwar verboten. Aber er konnte den Großvater nicht im Stich lassen.

Es war Dezember, als sie den großen Tannenbaum kurz vor Weihnachten von der Alp ins Tal schaffen wollten. Seine Mutter hatte ihn selbst für das Weihnachtsfest im Wald ausgesucht. Auch das war Familientradition.

„So, Bub", brummte der Großvater, „hast du alles gut festgezurrt? Du weißt, wenn sich der Baum löst, kann es schwierig werden. Aber bis heute hatte ich immer einen Schutzengel dabei."

Warum die Leute nur an Schutzengel glaubten? Julius verzog das Gesicht und kontrollierte noch einmal die Gurte. „Alles klar. Wir können losfahren." Julius setzte sich in den Nachläufer. Im dichten Schnee ließ sich das Gefährt problemlos steuern.

Der Ziehweg wurde nicht mehr regelmäßig kontrolliert, weil die Bewirtschaftung der Wälder heute eigentlich Aufgabe der Fortwirtschaft war. Julius und sein Großvater waren fast im Tal angekommen, als sie über einen spitz aufragenden Stein holperten und der Schlitten ins Schlingern kam. Der Tannenbaum hatte sich durch das Holpern etwas gelöst und konnte augenscheinlich nach vorne schießen.

„Halt dich fest, Bub. Wenn's rutscht, springst einfach ab", rief der Großvater besorgt nach hinten.

„I halt das Seil fest, damit der Baum hält", schrie Julius, weil das Holpern sehr laut war.

„Nix, sog I, lass los. Das ist zu gefährlich", schrie der Ältere zurück. Julius verstand nicht und klammerte seine Hände fest um das Seil, um mit all seiner Kraft den Baum in der Befestigung zu halten. Doch der Druck war zu stark. Als das Seil seinen Händen fast entglitt, wurde es mit einem Mal plötzlich ganz leicht. Irgend etwas half ihm, die Spannung zu halten. Er spürte einen Luftzug und ein Kitzeln in der Nase. Was war das nur?

Dann hatten sie es tatsächlich geschafft. Der Schlitten kam zum Stehen und der Baum hielt noch immer. Der Großvater stieg aus, sah die Seile und den Krampf der Hände. Er half Julius, ihn zu lösen.

„Mein Gott, Julius, wie hast du das nur geschafft?" Er schüttelte ungläubig den Kopf. „So was, so was aber auch."

„I weiß net", sagte Julius, „etwas hat mir geholfen." Wieder spürte er den Luftzug und das Kitzeln, jetzt auf der Wange.

Er strich sich über das Gesicht und hielt plötzlich eine Feder in der Hand.

„Wo kommt denn die Feder her. Hier ist doch weit und breit kein Vogel mehr?" staunte Julius.

„Ja weißt, Julius, es gibt eben mehr zwischen Himmel und Erde, als wir ahnen", erklärte der Großvater.

„Dann war das tatsächlich ein Schutzengel Großvater? Es gibt sie wirklich?"

Der Großvater nickte. „Ja, I glaub, I hab schon öfter Gesellschaft von ihnen ghabt. Nur eine Feder hat noch niemand hinterlassen."

Sonnwendgebirge

Felsdome starren
ins Kältegähnen
tröpfeln Weisflocken
in die Tiefe der Täler
im Smaragdsee
frieren die Boote

Schnee zerstäubt
Eiswasserklänge klirren
hallen hinauf
ins Sonnwendgebirge

Schneekönige tarnen sich
immer noch
mit Schneebrettern
und Gipfelkreuzen

Brixen im Thale

Kohlschwarze Grate ragen auf,
gipfeln den Wilden Kaiser
mit einer Schneeweißkrone.
Die hohe Sonne schärft den Blick
spiegelt sich auf flach abfallenden Steintafeln,
das Licht zurückwerfend in den tiefhängenden Himmel,
der sich mit Wolkengrau vollsaugt bis das Blau versiegt.

Entlang der Tannenlinien streifen Dunkelflächen
das Immergrün des Nadelwalds, ziehen über Felsen hin-
weg,
verbinden den Hochbrixen mit der Choralpe
und legen Windseile um die Steinanker
für die Adler, die sich von Seite zu Seite hangeln.

Ein Husky kauert an der Übungswiese,
bewacht rutschende Kinder,
die ungeachtet der Eintrübung
vergnügt den Schnee durchpflügen.

GRAUBÜNDEN

Der Ruf

Der Schnee verging
sickerte wortlos
von den Felsen

ein Steinbock leckte Schiefer blank
Gebirgsaltäre für das verspätete Opferlamm

Keiner wird sagen
er sei berufen worden
seinen Sohn zu opfern

Schlächter geben sich vorher
nicht zu erkennen

im Garten Gethsemane
schlafen die Hunde
auf Silber

und doch rief ein Sohn
nach seinem Vater

Todesstunde

Stille
im Gebirge

Tod stahl alle Töne
Glocken flogen vorbei

Bergziegen
stehen auf Felsspitzen

Küchenschellen
geben keinen Laut

Zugwind reißt
am Gebüsch

ein Ast fällt
von Felsstufe zu Felsstufe
trommelt die Zeit
ins Land

Uhrwerk des Untergangs
dessen Stundenschlag
im Tal zerbricht

Der Rohrbruch

Wachtmeister Meyer saß mit einem Hawaihemd und Blumengirlande in der Notrufzentrale und blätterte in einem Reiseprospekt. Es klingelte.

„Hallo, hier spricht Wachtmeister Meyer. Was kann ich für Sie tun?

Der Anrufer informierte: „Ich möchte einen Rohrbruch melden!"

„Einen Rohrbruch? Wo soll der denn sein?"

„Das weiß ich nicht."

„Ja wenn Sie das nicht wissen, können wir auch nicht kommen."

„Aber es tropft doch schon durch die Decke!"

„Durch welche Decke? Liegen Sie etwa auf dem Sofa und haben zu viel getrunken?"

„Nein, ich stehe im Bad und versuche, das Wasser aufzufangen."

„Ja was sagt Ihre Frau denn dazu? Wenn Sie müssen, müssen Sie gut zielen oder Sie müssen sich hinsetzen, dann tröpfelt es auch nicht."

„Aber es ist doch nicht mein Wasser, ich muss doch gar nicht. Das Wasser kommt von oben, wissen Sie, von oben!"

„Von oben, aber es regnet doch gar nicht. Wir haben Sommer oder ist etwa die Sprinkleranlage angegangen, weil Sie geraucht haben?"

„Sie sind wohl nicht ganz bei Sinnen. Haben Sie zu viel gelöscht?"

„Ich muss doch sehr bitten. Wir löschen nur, wenn wir einen Brand haben, weil es so heiß wie heute ist."

„Ist ja auch egal, ob Sie meinen oder Ihren Brand löschen. Sie müssen jedenfalls herkommen und den Rohrbruch zu stoppen, sonst steht hier bald alles unter Wasser."

„Können Sie schwimmen?"

„Warum fragen Sie mich, ob ich schwimmen kann?"

„Ja weil bei Ihnen bald alles unter Wasser steht."

„Ich kann schwimmen, aber darum geht es doch gar nicht. Sie sollen den Rohrbruch stoppen."

„Für den Rohrbruch sind wir nicht zuständig. Da müssen Sie einen Installateur suchen. Wir sind die Feuerwehr, wir kommen erst, wenn alles unter Wasser steht."

„Was, was? Das ist doch die Notrufzentrale oder nicht. Und das ist ein Notfall. Also kommen Sie jetzt oder nicht?"

„Haben Sie nicht zugehört oder sind Sie schon untergegangen. Wir kommen nicht bei Rohrbrüchen. Dann wären wir ständig unterwegs bei dem Zustand unserer Leitungen. Wenn wir kommen sollen, drehen Sie den Wasserhahn ganz auf, damit es schneller vollläuft. Dann können wir abpumpen kommen."

„Das ist doch nicht ihr Ernst? Ich werde mich bei Ihrem Vorgesetzten beschweren und Ihnen die Rechnung für den Installateur schicken und das ganze Malheur, das Sie verursachen, weil Sie nicht kommen wollen."

„Erstens ist das nicht der Ernst, sondern Hauptwachtmeister August. Und der ist in Urlaub gefahren nach Hawai. Der macht dort gerade einen Tauchlehrgang, um untergegangene Leute wie Sie zu retten."

„Aber ich bin doch gar nicht untergegangen. Das ist doch nicht zu fassen. Das ist unterlassene Hilfeleistung."

„Wenn Sie schwimmen können, können Sie sich selbst retten, also ist das auch keine unterlassene Hilfeleistung."

„Das Wasser steht mir gleich bis zum Hals, Herrgott noch einmal. Gleich platzt mir der Kragen."

„Wenn Sie noch länger warten, kann der Installateur auch nicht mehr helfen. Oder hat der auch einen Tauchlehrgang gemacht wie mein Vorgesetzter Hauptwachtmeister August, vielleicht um Rohre im Tauchgang reparieren zu können?"

„Wie kommen Sie denn jetzt darauf. Wir sind doch nicht in Venedig."

„Sie haben doch mit dem Tauchen angefangen. Also sind Sie jetzt voll oder nicht?"

„Nicht ich bin voll, sondern der Eimer! Es regnet immer noch aus der Decke."

„Jetzt müssen Sie sich aber mal entscheiden, was Sie wollen. Sie blockieren sonst die Notrufzentrale."

„Ich habe bald keine Eimer mehr!"

„Hören Sie mal, zuerst lassen Sie ihr Wasser im Stehen in die Kloschüssel ab und zielen daneben, dann spritzt der Deckensprinkler von oben, dann wollen Sie tauchen und jetzt gehen Ihnen die Eimer aus. Sagen Sie mal, ist Ihnen beim Tauchen der Sauerstoff ausgegangen?"

„Wenn Sie kommen würden, bräuchte ich keine Eimer mehr."

„Wenn wir kommen würden, wären die Eimer überflüssig, weil Sie im Bad schwimmen würden."

„Wenn ich im Bad schwimmen würde, bräuchte ich keine Feuerwehr mehr, sondern das technische Hilfswerk, um die Schäden der Überschwemmung zu entsorgen."

„Na, da bin ich aber beruhigt. Endlich haben Sie verstanden, dass Sie falsch verbunden sind. Jetzt legen Sie schon auf. Auf mich wartet nämlich ebenfalls ein Eimer."

„Was denn für Eimer? Löschen Sie vielleicht noch wie im Mittelalter mit Eimern anstatt mit Schläuchen?"

„Ja genau, unseren Brand löschen wir aus Eimern."

„Welchen Brand um Himmelswillen löscht denn die Feuerwehr heutzutage noch mit Eimern?"

„Na Sie sind vielleicht gut. Schauen Sie mal aus dem Fenster?"

„Ja und? Ich sehe nichts!"

„Aber fühlen tun Sie die Hitze schon, die da draußen herrscht."

„Ja mein Gott, im Sommer ist es halt heiß."

„Eben. Weil es so heiß ist, haben wir einen gehörigen Brand."

„Und was hat der Brand mit den Eimern zu tun?"

„Menschenskind, Sie sind aber schwer von Begriff! Die Biergläser sind doch viel zu klein für unseren Durst!"

Winterspuk

Die Sonne setzt müde zum Sinkflug an,
der Abend dämmert, es wird bald schneien.
Drei Katzen jammern, ein lautes Schreien,
im Garten hüpft ein wilder Butzemann.

Er hämmert fest gegen Fensterscheiben
und springt und singt in schaurig lautem Ton,
ruft wie von Sinnen: „Bringt mir den Sohn,
sonst werd' ich mir sein Herz einverleiben."

Der Vater bittet: „Nimm meins an seiner Stelle."
Die Mutter weint, das Kind fest in den Armen,
und fleht ihn an: „So habe doch Erbarmen,
was ich auch hab, ich leg's vor die Schwelle."

Der Kobold lacht und ist nicht abzuweisen,
holpert und poltert, feixt hämisch dabei:
„Bringt mir den Sohn, dann seid ihr frei."
Er fängt an, mit Feuer das Haus einzukreisen.

Die Mutter packt, was sie finden kann, zusammen,
öffnet die Tür und legt das Opfer ab:
„Nimm mich dazu, ich werfe mich ins Grab".
Sie läuft in das Meer der lodernden Flammen.

Das Kind erschüttert, rennt der Mutter hinterher,
der Vater folgt, ergreift den Sohn geschwind.
Da tobte plötzlich ein eisig rauer Wind,
löschte das Feuer und das Flammenmeer.

Die Mutter stand im Nebel unbeschadet wieder.
Es schneite Tränen auf den bösen Puk,
den eine Bö enthob, vorbei der Winterspuk.
Ein Sternenregen fiel auf sie hernieder.

Nikolausalarm

In der Notrufzentrale tat am Nikolaustag Wachtmeister Meyer Dienst. Er saß vor dem Telefon und blätterte lustlos in der Neuen Züricher Zeitung. Da er am Abend auf einer Feier den Nikolaus spielen sollte, hatte er bereits eine Nikolausmütze mit Blinklicht angezogen. Das Kostüm lag über dem Tisch. Er wünschte sich, dass es ruhig blieb, doch das Notruftelefon klingelte plötzlich. Genervt nahm er den Telefonhörer ab: „Hallo, hier spricht Wachtmeister Meyer. Was kann ich für sie tun?"

Am anderen Ende meldete sich eine atemlose und aufgeregte Anruferin: „Ich möchte einen Einbruch melden."

Wachtmeister Meyer zweifelte: „Einen Einbruch, heute?"

Die Anruferin bestätigte nochmals: „Ja, einen Einbruch."

Wachtmeister Meyer glaubte an einen Scherz und hatte kein Verständnis dafür. „Wer soll denn an so einem Tag bei ihnen einbrechen?"

Empört rief die Anruferin: "Das weiß ich doch nicht."

Der in seiner Ruhe gestörte Wachtmeister begann zu spotten: „Und wen wollen sie dann anzeigen?"

„Ich will keine Anzeige erstatten, bei mir wird gerade eingebrochen. Hören sie, sie müssen ganz schnell kommen!", ereiferte sich die Anruferin.

Wachtmeister Meyer versuchte, sie zu beschwichtigen, da er immer noch an einen Scherz glaubte: „So eingebrochen. Woher wollen sie das denn wissen? Wir kommen heute nur, wenn auch wirklich ein Einbrecher bei ihnen ist."

Die Anruferin versuchte, den Wachtmeister von der Ernsthaftigkeit ihres Anrufes zu überzeugen und begann zu erklären. „Im Wohnzimmer kracht es, jemand hat „Hoho" gerufen und alles ist voller Ruß." Da anscheinend doch etwas vorgefallen war, begann Wachtmeister Meyer sich jetzt dafür zu interessieren. „Voller Ruß? Brennt es vielleicht?"

Die Anruferin erklärte: „Nein, es brennt nicht, jemand hat gepoltert und Hoho gerufen!"

„Gepoltert hat es, so, so. Haben sie ein Haustier?", fragte der Wachtmeister, der nach einer Erklärung suchte.

„Wir haben eine Katze. Was hat denn die Katze mit dem Einbruch zu tun?", wunderte sich die Anruferin.

„Na ja, es könnte doch sein, dass ihre Katze herumgesprungen ist, geschnauft hat und etwas hinfiel."

„Das kann nicht sein, es war ein lautes Holterdipolter?", erwiderte die Anruferin.

Der Wachtmeister stutzte und machte sich lustig. „Ach, ein Holterdipolter, kein Traritrara, der Winter, der ist da?"

Jetzt begann die Anruferin, sich zu ärgern: „Nein, ein Holterdipolter, Winter haben wir schon."

„So, so. Was hat denn gepoltert, hat die Katze etwas umgeworfen?", versuchte der Wachtmeister, sie wieder zu beruhigen.

Die Anruferin wurde jedoch immer aufgeregter: „Aber ich sage doch, dass es ein Einbrecher ist und nicht meine Katze. Die sitzt doch in der Küche."

„Ja, ja, ist ja schon gut. Jetzt regen sie sich nicht so auf, sonst muss ich den Notarzt rufen. Öffnen sie doch mal die Wohnzimmertür", empfahl der Wachtmeister.

„Was, ich soll die Tür öffnen?", fragte die Anruferin ängstlich.

Der Wachtmeister wiederholte bestimmt: „Jawohl, die Tür, was denn sonst? Bis wir ankommen, ist der doch schon weg. Oder sollen wir vielleicht durch das Kamin ins Wohnzimmer einsteigen?"

„Aber der Einbrecher ist doch da drin, vielleicht hat er eine Waffe?", befürchtete die Anruferin.

„Woher wollen sie denn wissen, ob er eine Waffe hat? Hat er schon geschossen?", fragte Wachtmeister Meyer.

„Nein, noch nicht." Die Anruferin wirkte erleichtert.

„Ja dann öffnen sie jetzt ganz vorsichtig die Tür und wenn es knallt, laufen sie schnell davon."

Mutig antwortete die Anruferin: „Gut, aber auf ihre Verantwortung. Wenn ich verletzt werde, tragen sie die Kosten. Inklusive Schmerzensgeld", forderte die Anruferin.

Wachtmeister Meyer wurde ungeduldig. Schließlich wollte er sich auf seine Nikolausrolle vorbereiten. „Und, was sehen sie?"

Die Anruferin berichtete: „Alles voller Ruß und Wind. Ich kann gar nichts sehen." Sie fing an zu husten.

„Haben sie vielleicht vergessen, den Adventskranz auszumachen?"

„Nein, er war doch gar nicht an!", konterte sie.

„Wo kommt dann der Ruß her?", rätselte Wachtmeister Meyer laut.

„Das weiß ich doch nicht!", rief die Frau in den Hörer.

Wachtmeister Meyer fragte gewissenhaft nach: „Ist der Feuermelder angegangen?"

Die Anruferin rief: „Nein, er hat nicht gewarnt."

„Na, dann hat es auch nicht gebrannt. Dann machen sie mal ein Fenster auf", bat der Wachtmeister.

Die Anruferin wurde nun misstrauisch. „Ein Fenster? Gut, aber nur auf ihre Verantwortung."

„Und, können sie jetzt etwas sehen?"

Die Anruferin beruhigte sich: „Ja, der Rauch zieht ab."

„Und, was sehen sie?", wollte Wachtmeister Meyer wissen.

Die Anruferin meldete wie gefordert: „Hier liegen überall Socken herum."

„Socken? Haben sie Besuch gehabt?", misstraute Wachtmeister Meyer wieder.

„Nein, niemand war hier", erwiderte die Anruferin.

Der Wachtmeister meinte: „Dann riechen sie doch mal daran?" Die Hilfesuchende fühlte sich wieder nicht ernst genommen. „Was, ich soll an fremden Socken riechen?"

„Ja, riechen sie doch mal an einer Socke."

Die Anruferin nahm eine Socke in die Hand: „Igitt, die ist ja ganz kalt und feucht. In den anderen stecken lauter Süßigkeiten."

Der Wachtmeister spottete: „Und sie sagen, es war kein Besuch im Haus? Haben sie vielleicht Halloween gefeiert?"

Jetzt war die Anruferin endgültig verärgert. „Aber ich sage ihnen doch, ich hab niemand eingeladen. Außerdem ist Halloween schon lang vorbei."

„Wenn das so ist, sammeln sie die Socken ein und bringen sie mir die Beweise aufs Revier oder glauben sie vielleicht noch an den Weihnachtsmann?"

Die Anruferin war irritiert: „Weihnachtsmann, ich bin doch kein Kind mehr."

„Eben, bringen sie alle gefüllten Socken zu mir."

„Und was ist mit dem Einbruch?", fragte die Anruferin.

Der Wachtmeister erklärte: „Wenn nichts gestohlen wurde, gab es auch keinen Einbruch. Im Gegenteil, sie haben etwas bekommen, ohne zu wissen von wem. Wollen sie vielleicht eine Anzeige gegen den Weihnachtsmann aufgeben?"

„Gegen den Weihnachtsmann? Den gibt es doch gar nicht!", empörte sich die Anruferin wieder.

„Eben. Und weil sie etwas bekommen haben, das sie gar nicht bestellt haben, gehört es ihnen auch nicht und sie können die Socken deshalb zu mir bringen."

Die Anruferin bezweifelte dies. „Weshalb soll ich ihnen denn die Sachen bringen, die mir irgendjemand geschenkt hat? Ist es neuerdings eine Straftat, ein Geschenk zu behalten?"

„Nur, wenn sie nicht an den Weihnachtsmann glauben."

„Aber den Weihnachtsmann gibt es ja auch nicht", beharrte sie weiter.

Der Wachtmeister forderte sie jetzt entschieden auf: „Dann bringen sie die Sachen ganz schnell zu mir, noch vor heute Abend!"

„Wie, ganz schnell?" Die Anruferin fühlte sich überrumpelt.

„Sehen mal auf den Kalender?", befahl der Wachtmeister.

„Weshalb soll ich denn auf den Kalender schauen?", fragte die Frau verunsichert.

„Welches Datum haben wir heute, gute Frau?", plänkelte der Ungeduldige.

Die Anruferin verstand nicht, was der Wachtmeister eigentlich von ihr wollte: „Es ist der fünfte Dezember."

Wachtmeister Meyer antwortete: „Eben. Es ist Nikolausabend und ich bin heute Abend der Weihnachtsmann."

Alemannische Fasnet

Masken tanzen in Straßen
heben Schellengestelle
springen, singen und klingeln
klopfen den Boden und toben
juchzen schnurren und rufen
Narri-Narro die Fasnet isch do

Das Krippeli

In der Notrufzentrale saß Wachtmeister Meyer vor dem Adventskranz und versuchte, das Kreuzworträtsel der Zeitung zu lösen. Im Radio sang ein Kinderchor das Lied „Ihr Kinderlein kommet", als die Tür aufgestoßen wurde. Eine Frau in Winterkleidung kam mit einem Karton hereingestürmt.

„Grüezi, so sagt man doch in der Schweiz?"

Wachtmeister Meyer sah auf und meinte: „So sagt man hier. Von wo kommen sie denn?"

Die Touristin antwortete: „Aus Berlin."

„Ach, eine Preußin. Nehmen sie doch Platz." Die Frau setzte sich hin.

„Was wollen sie denn von mir?", fragte Wachtmeister Meyer.

Die Touristin erklärte: „Also, ik bin auf der Suche nach eenem Haus."

Wachtmeister Meyer stellte fest: „Dafür sind wir nicht zuständig. Sie müssen zum Fremdenverkehrsamt gehen. Ich bin die Notrufzentrale."

„Dat is ja een Notfall", sagte die Touristin erstaunt.

Wachtmeister Meyer fragte nach: „So, so. Dann sagen sie mal, um was es sich handelt."

„Mein Freund braucht ein eijenes Haus im Haus. Sonst wird dat zu unjemütlich", verkündete die Touristin ihren Wunsch.

Wachtmeister Meyer fragte irritiert: „Ungemütlich? Ist ihr Freund ein Schläger? Hat er sie verprügelt und kommen deshalb zur Notrufzentrale oder?"

Die Touristin erklärte: „Er kann janz schön picken, wa. Da muss ick uffpassen und Vorsorge treffen."

Wachtmeister Meyer wurde besorgt: „Vorsorge, vor einem Freund?"

„Wat sich lieb hat, dat neckt sich halt", sagte die Touristin.

Wachtmeister Meyer staunte: „Was sich liebt, das schlägt sich bei ihnen? Vorsorge, so nennt man das jetzt wieder in Berlin. Wir sorgen hier nur gegen Corona vor."

Die Touristin klärte auf: „Ick bin negativ jetestet, da brauchen sie keene Bedenken zu haben. Also haben sie een Haus im Haus?"

Wachtmeister Meyer wehrte ab: „Es ist Weihnachtssaison. Bei uns ist alles wieder ausgebucht."

Die Touristin bat: „Es muss ja nicht jroß sein. Etwa so jroß wie dieser Karton. Kieken sie mal."

Wachtmeister Meyer meinte, er habe sich verhört: „So ein kleines Krippeli wollen sie haben? Wie Maria und Josef?"

„Janz recht, so jroß wie eene Krippe", wiederholte sie.

Wachtmeister Meyer ergründete: „Da passt aber nur ein Kind hinein. Ist ihr Freund kleinwüchsig?"

Die Touristin sagte: „Für seine Art ist er janz normal groß, wa."

Wachtmeister Meyer fragte interessiert: „Wie sieht denn diese Art aus?"

„Die sind alle janz jelb", beschrieb sie ihren Freund.

Wachtmeister Meyer erschrak: „Ach gelb? Chinesen dürfen seit der Coronapandemie nicht mehr in die Schweiz einreisen, da kann der Freund noch so klein sein."

Die Touristin wollte ihn beschwichtigen: „Aber er ist janz lieb. Nur manchmal, da piept er halt ein wenig."

Wachtmeister Meyer wurde jetzt resolut: „Bei ihnen piept es wohl auch. Ist das etwa wieder so eine feindliche Übernahme? Hat die Pandemie nicht ausgereicht? Wollen sie der Schweiz jetzt den Krieg erklären?"

Die Touristin regte sich auf: „Wat, wat reden sie denn da. Feindliche Übernahme, Krieg? Un dat an Weihnachten?"

Wachtmeister Meyer beharrte: „Das hat es schon einmal gegeben. Damals in Bethlehem. Da hat man die Kinder auch alle umgebracht."

„Mein kleener Freund bringt niemand um, der bringt den Kleenen nur Freude", meinte die Touristin rechtfertigend.

Wachtmeister Meyer glaubte ihr nicht: „Aha, das ist ja eine saubere Verschleierungsmethode. Aus Gewalt soll Freude werden. Zuerst picken und dann piepen sie."

Die Touristin bekundete: „Aber Herr Wachtmeister, er tut keener Flieje wat zu leide, meistens jedenfalls nicht."

Wachtmeister Meyer lehnte ab: „Es tut mir leid, sie lösen mit ihrem Freund eine internationale Verwicklung aus. Ich muss die Kantonspolizei rufen."

Plötzlich fing es an zu piepen. Wachtmeister Meyer rief erschrocken: „Ha, was ist denn das, haben sie das gehört. Das Piepen im Karton, das tickt ja wie eine Bombe! Machen sie sofort das Paket auf und stellen diesen piependen Zünder ab, sonst muss ich da Bombenräumkommando rufen."

Die Touristin konnte das nicht verstehen: „Det is ja nicht zu glooben! Gut, wenn sie wünschen, mach ick dat Papier ab. Aber ick kann nicht garantieren, dass dat Piepen uffhört. Er war die janze Zeit im Dunkeln. Uff ihre Verantwortung."

Wachtmeister Meyer duckte sich unter den Tisch, sie riss das Packpapier ab und stellte einen Käfig mit einem Kanarienvogel auf den Tisch. Wachtmeister Meyer schaute vorsichtig wieder auf: „Haben sie die Bombe abgestellt? Was, was, was ist das denn? Sie haben ja vielleicht einen Vogel!"

Die Touristin sagte: „Sag ick doch, een kleena jelber Freund. Haben Sie jetzt vielleicht een Haus für mich?"

Karneval

Hoppsasassa hoppsasassa
hüpft der große Clown
im Kreis herum

hoppsasassa hoppsasassa
alle tanzen mit
er lacht sich krumm

doch die Narrenkappe
ist eine Attrappe
für das Trinkgelage bloß

Sekt beginnt zu schäumen
niemand will's versäumen
Karneval ist rigoros
Mummenschanz ein ernstes Los

Skizirkus in Sankt Moritz

In der Notrufzentrale saß Wachtmeister Meyer mit einem Schal um den Hals und einer Wollmütze auf dem Kopf. Auf dem Schreibtisch stand ein Adventskranz. Er blätterte in einer Zeitung. Es klingelte. Wachtmeister Meyer hob ab: „Hallo, hier spricht Wachtmeister Meyer. Was kann ich für Sie tun?"

Eine aufgeregte Anruferin meldete sich: „Ich möchte einen Unfall melden."

Wachtmeister Meyer erkundigte sich: „Was für einen Unfall?"

Die Anruferin erklärte: „Mein Mann ist mit dem Schlitten falsch abgebogen und hat sich um einen Tannenbaum gewickelt."

Wachtmeister Meyer bezweifelte: „Um einen Tannenbaum gewickelt? Wie geht denn so etwas?"

„Der Schlitten hat ihn abgeworfen, er rutschte den Abhang hinunter und konnte sich mit den Armen gerade noch an einem Tannenbaum festhalten", erklärte die Anruferin jetzt ausführlich.

„Ach so, ein Wintersportunfall", resümierte Wachtmeister Meyer. „Da müssen sie die Bergwacht rufen. Dafür sind wir nicht zuständig."

„Wie nicht zuständig? Auf dem Skipass steht aber für den Notfall ihre Nummer drauf", staunte die Anruferin.

„Richtig, im Notfall. Ihr Mann ist aber nicht Ski gefahren, sondern auf einem Schlitten den Berg heruntergerutscht. Dafür sind wir nicht zuständig", bestätigte Wachtmeister Meyer.

Die Anruferin begann, hysterisch zu werden: „Was, nicht zuständig? Mein Mann kann jeden Moment vom Tannenbaum fallen. Er braucht dringend Hilfe."

Wachtmeister Meyer entgegnete: „Wenn sie gegen die Fisregeln verstoßen, ist nicht die Notrufzentrale zuständig, sondern die Bergpolizei."

Die Anruferin war empört. „Jetzt hören sie mal, mein Mann schwebt wahrscheinlich in Lebensgefahr an einem Tannenbaum am Abhang und sie sagen, ich soll die Bergpolizei rufen. Sind sie noch zu retten?"

Wachtmeister Meyer meinte nun lapidar: „Mich braucht man nicht zu retten, weil ich auf einer Skipiste keinen Schlitten fahre."

Die Anruferin empörte sich weiter und sagte aufbrausend: „Fisregeln hin, Fisregeln her. Wenn sie nicht kommen, rufe ich bei der Presse an und sage denen, dass sie sich weigern, Touristen zu retten."

Wachtmeister Meyer spöttelte: „Und wer rettet uns vor solchen Touristen wie Ihnen. Die Notrufzentrale ist nur für Skifahrer zuständig. Sonst würde es Schlittenpass heißen und nicht Skipass."

„Das ist doch ganz egal wie das heißt. Wenn er Snowboard gefahren wäre, würden sie dann auch nicht kommen?"

Wachtmeister Meyer antwortete weiterhin lapidar: „Ein Snowboard ist auch ein Brett. Snowboarder sind einbeinige Skifahrer."

Die Anruferin erklärte nun bestimmend: „Und Schlittenfahrer sind vierbeinige Skifahrer. Der Schlitten ist schließlich auch aus Holz."

„Aber die Abfahrtspisten sind für Schlitten nicht geeignet. Das ist verboten. Schauen sie mal in der Pistenbeschreibung nach, ob da ein Schlitten aufgemalt ist", meinte Wachtmeister Meyer.

Die Anruferin verzweifelte langsam: „Wo soll ich denn jetzt eine Pistenbeschreibung herbekommen?"

Wachtmeister Meyer versuchte, sie zu beruhigen: „Ich hab doch gesagt, dass sie die Bergwacht anrufen sollen.

Die können Ihnen genau sagen, was auf der Piste erlaubt ist."

Die Anruferin stichelte: „Kommen die auch, um zu helfen oder sind die wie sie dazu da, harmlose Touristen zu erschrecken?"

Jetzt empörte sich Wachtmeister Meyer: „Ich muss doch sehr bitten. Ich kann doch nichts dafür, dass ihr Mann so unerschrocken ist, eine Abfahrt mit dem Schlitten hinunterfahren. Also rufen sie jetzt die Bergwacht an oder nicht?"

Die Anruferin flehte: „Mein Mann hat bald keine Kraft mehr."

Wachtmeister Meyer sagte ironisch: „Jetzt müssen sie sich aber mal entscheiden. Wollen sie, dass ihr Mann gerettet wird und die Bergwacht anrufen oder mit mir über die Fisregeln diskutieren?"

Die Anruferin schrie aufgebracht: „Sie haben doch mit den Fisregeln angefangen. Wer denkt in so einer Situation schon an die Fisregeln, wo die doch ohnehin niemand beachtet."

Der Wachtmeister Meyer antwortete jetzt im Verhörton: „Wollen sie damit sagen, dass sie sich weigern, die vorgegebenen Bestimmungen einzuhalten? Im Straßenverkehr können sie auch nicht einfach hin und herfahren, wie sie wollen."

Die Anruferin erwiderte: „Genau, die Regeln sind mir ganz egal. Es geht jetzt nur um die Rettung meines Mannes."

Wachtmeister Meyer fasste zusammen: „Warum sagen sie nicht gleich, dass sie sich wegen Verstoßes gegen die Verhaltensregeln des internationalen Skiverbandes anzeigen möchten. Dann kann ich jetzt die Bergwacht und die Bergpolizei informieren. Die kommen sofort mit einem Hubschrauber. Also, wo befindet sich denn ihr Mann?"

Die Anruferin antwortete: „Auf dem Übungsgelände der Skischule in Sankt Moritz."

Wachtmeister Meyer fragte überrascht: „Übungsgelände? Ich denke, es geht um eine Skipiste?"

Die Anruferin bestätigte: „Geht es ja auch, die Skipiste des Übungsgeländes an der Via Salastrains."

Wachtmeister Meyer war ratlos: „Aber da gibt es keine Abhänge."

„Doch, der Hügel an der Rodelbahn", erklärte die Anruferin.

Wachtmeister Meyer war erstaunt: „Aber das ist der Kinderskizirkus!"

Die Anruferin bestätigte wieder: „Genau. Und da ist mein Mann an der Rodelbahn falsch abgebogen und auf die Piste gekommen, wo der Tannenbaum steht."

Wachtmeister Meyer rätselte: „Sagen sie mal, deshalb soll jetzt die Rettung kommen, um auf einem Übungshügel jemand vom Tannenbaum abzuseilen, wo doch jedes Kind von diesem Tannenbaum herunterspringen kann?"

Die Anruferin meinte spitzbübisch: „Ja, weil ich mit meinem Mann gewettet habe, dass ich schneller einen Hubschrauber organisieren kann als er vom Tannenbaum heruntergeklettert ist."

Wachtmeister Meyer fragte: „Und was war der Einsatz?"

Die Anruferin lachte: „Eine kostenlose Rundfahrt mit dem Rettungshubschrauber über Sankt Moritz."

TRENTINO-SÜDTIROL

Glitzerschnee und warmer Tee

Glitzerschnee und warmer Tee,
hinter Fenstern lässt's sich schauen
in die Weite hoher Gipfel,
Felsenspitzen, Winde rauen.
Nimm die Sonnenbrille ab
und das Licht, und das Licht
durch Wolken bricht.

Lass das Sorgen, lass das Mühen,
atme einfach ein und aus.
Spür die Freiheit deiner Träume,
Wünsche im Gedankenhaus.
Alles wird ganz leicht und klein,
achte dich, achte dich
und kehre ein.

Einer wacht am hohen Himmel,
lässt dich wachsen, lässt dich sein.
Seine Engel dich beschützen,
lass dich einfach darauf ein.
Gottes Liebe gilt auch dir,
folge nur, folge nur
der Liebesspur.

Lawinenwarnung

Es war immer dieselbe Lawine, die da oben am Gipfelkreuz des Rosengartenmassiv lauerte und den Skifahrern am liebsten auf den Kopf gesprungen wäre, so sehr ärgerte sie sich über die Ruhestörung in den Wintermonaten. Bereits ab Oktober rührte die Werbeindustrie so viele Trommeln, dass der Lärm bis hinauf in alle Gipfel drang und König Laurin, Gott hab ihn selig, sich wahrscheinlich die Tarnkappe über die Ohren gezogen hätte in der Hoffnung, sie würde nicht nur unsichtbar machen, sondern auch den Lärm abhalten.

In diesem Winter, dachte die Lawine, werde ich die Sonne anflehen, uns ein paar überzählige Strahlen vom Südpol zu schicken, damit der Schnee auf den Hängen und Abfahrten nicht lange liegen bleibt und die Gipfelspitzen in aller Ruhe ihre Schneeplatten und Eiszapfen pflegen können. Womöglich hätte dann der verschwundene Rosengarten König Laurins noch einmal aufgeblüht und alle mit ihrem lieblichen Aroma verwöhnt.

Rosenblüte im Eismeer, träumte die Lawine und tropfte voll Rührung vor sich hin. Die Vorstellung übermannte sie so sehr, dass sie das Weinen nicht mehr unterdrücken konnte und sie sich in Auflösung befand. Das kleine Bächlein hüpfte von Fels zu Fels, um sich in einen größeren Wildbach zu verwandeln, der sprudelte und sich durch alle Windungen des Gesteins hindurch schlängelte und schließlich irgendwo im Tal anlangte.

Jedenfalls wässerte er die Wiese, die ihn auffing und sich über die Feuchtigkeit freute, denn tatsächlich war bis in den Dezember hinein noch kein Schnee gefallen. Vom Blumenschmuck war nur noch die Winterrose übrig, die Nieswurz, die für so viele Dinge bei den Menschen herhalten musste. An diesem Tag jedoch labte sie sich an den Tränen der Lawine und entfaltete vergnügt ihre lieblich samtig-weißen Blütenblätter, stellte ihre Blütenstempel-chen auf und blickte voll Dankbarkeit zur Felskrone der Rosengartengebirgskette auf.

Die Lawine aber, die von oben das gelbe Blinken vernahm, dachte, dass die Sonne den Stoßseufzer gehört haben musste und schwor bei Laurin, die Skifahrer aus Dankbarkeit von ihren Brüdern und Schwestern verschonen zu lassen. Die Christrose aber dankte der Schöpfung für die feuchte Gabe und faltete die grünen Blätter zum Gebet für das Jesuskind, das sie in diesem Jahr pünktlich zum Geburtstag mit ihrem Blumenschmuck würde erfreuen können.

Primiero

Ins Blau gemeißelt. Granitgebirge sprengt
die Weite majestätisch. Wolkenfall
ins tiefe Tal hinab. Umschützt sein Wall
San Martino di Castrozza und Primiero. Mengt

Gewächs, Gehölz, Getier. Im Land sich's drängt,
Geschichte und Geschichten. Tirol – ein Hall
aus Dolomitenklang. Von überall
beströmen dich Besucher. Eingezwängt

dein Bild. Cismon beruhigt das Treiben
auf den Plätzen, sein Fluss zwingt zur Einkehr
den Betrachter. Kristallgewässer trotzt dem Wehr

der Felsensteine, wogt, sich's kräuselt. Bleiben
im Ohr zurück die Töne des Parlandos
und von den Hängen der Adler schrill Kommandos.

Moena

1

Massiv aus Fels begrenzt das Fassatal.
Im Westen ragt empor der Rosengarten,
im Osten Alpe di Lusias Gipfel warten
und Latemars Gebirge kappt die Zahl

der Zufahrtsstraßen. Wer trotz der Qual
Moena will besuchen muss bald starten.
Die zugeschneiten Wege jene narrten,
die meinten, vieles stünd' zur Wahl.

Doch nur die Via Dolomiti führt
zur Heimat der Ladiner. Deutlich spürt
der Gast die tausendjährige Geschichte.

Das Straßenbild, von altem Handwerk stolz geprägt,
verrät die Herkunft: Die Giebel in den Berg geschrägt.
Gesteinswelt macht Auswüchse schnell zunichte.

2

Die Via Löwy säumt getünchtes Fachwerk,
Fassaden eingefärbt in Rosa, Gelb und Blau
mit Arabesken bis zum Dachverhau.
Die Fronten lenken meinen Augenmerk

auf schmucken Zierrat vor dem Tor der Herberg',
die ihre Gäste aufnimmt vor des Abends Grau.
Dass jeder Mensch in San Vigilio Gott vertrau
erscheint das Dorf im Berglicht wie ein Kunstwerk.

Und in den Winkeln steiler Gassen schmiegt
Geruch aus Tradition und Holzbrand Berg
und Mensch zusammen. Der Natur Gewerk

versöhnt die Schöpfung. Wer die Not besiegt,
das Leben annimmt, sich in Liebe weiß,
erfährt das Glück auf eine ganz besondere Weis'.

3

Wo Fassbinders Botega noch erhalten,
das Handwerkszeug behutsam ausgestellt,
gegliedert nach der Arbeitsphasen Welt.
Mit Kufen, Bottichen und Eimern walten

noch heute manche Bauern nach der kalten,
meist langen Winterszeit. Sie ackern auf dem Feld,
vermehren Erntegut und Wirtschaftsgeld,
um ihren Vorrat und den Stand zu halten.

Doch auch Moena zollte uns'rer Zeit Tribut.
Die Alpwirtschaft geschrumpft, die Produktion erneuert.
Das Brauchtum wird von der Region beteuert,

trägt Jahr für Jahr den bunten Narrenhut.
Musik und Tanz beim Umzug der Ladiner
erfreut das Volk und windige Schlawiner.

Ladinische Aussichten

27.03.2002

Corvara ist eine Gemeinde mit fünfzehntausend Touristenbetten, drei Lebensmittelläden, drei Sportgeschäften, zwei Boutiquen, mehreren Geschäften mit Artikeln des Kunsthandwerks, kurzum eine Gemeinde, die alles hat, was man zum Leben benötigt, die jedoch ohne den Schnickschnack unserer Konsumgesellschaft auskommt. Vom einfachen Leben spricht die Touristikbranche, das selbst schon zur Kunst geworden sei. Und je länger man sich hier aufhält, desto deutlicher wird diese Distanz.

Die Alpwirtschaft wird nur noch von wenigen Bauern betrieben. Manche Berghöfe sind bereits zerfallen, der Mörtel des Mauerwerks aus aufgehäuften Kalksteinen zerbröckelt, verwitterte Bretterverschläge und Fensterläden an zerborstenen Scharnieren hängen von den Wänden herab.

Die Menschen unterhalten sich mal in deutscher, mal in italienischer Sprache. Mit Touristen redet man deutsch, als sei dies die Muttersprache. Da mich dies verwundert, spreche ich im größten Supermarkt des Ortes die Verkäuferin an. Eine ältere Dame, die mit der jüngeren hinter der Theke steht, gibt sich als Frau Kostner zu erkennen, als Angehörige der Inhaberfamilie, einem Traditionshaus, dessen Spross es zu sportlichem Ruhm gebracht hat. Klar, dass den Namen Kostner hier jeder kennt und würdigt. Und so erfahre ich, dass Deutsch immer noch in der Grundschule neben französisch alternativ angeboten wird. Das obere Südtirol mit Grödner Tal, Alta Badia und Fassatal wäre daher immer noch deutschsprachig.

Bei Ladenschluss verhält man sich eher städtisch. Wenn die Kasse geschlossen ist, wird nichts mehr verkauft. Sie schließt sehr pünktlich. Was anfänglich wie leise Arroganz anmutet, entwirrt sich bei genauerem Hinsehen als

Feierabenderwartung. Egal was man sagt, sie verstehen die Worte und an den Gesten erkennt man die kaufmännische Erfahrung, das Businessgepräge moderner Zivilisationen. Romantik kommt da nicht auf, eher ein Gefühl von Geschäftstüchtigkeit.

Die ladinische Volkskunst ist hier nur an den Holz-schnitzereien auszumachen. Corvara ist längst kein Bergbauerndorf mehr, das Skifahrer als Quelle für Zusatzeinnahmen duldet. Hier wird Sport und Erholung verkauft und zwar das ganze Jahr über.

Corvara hat zwei Kirchen. Eine Glocke gibt den Stundenschlag vor. Religiosität ist eher säkular erfahrbar. Der Sonntag und die Sonntagsruhe werden jedoch gehalten. Es gibt auch regelmäßige Angebote zur Ehevorbereitung und christliche Seminare. Der Papst betet für den Frieden, für ein Ende des Terrors und der Gewalt.

Der Ort ist schnell abzugehen und so setze ich mich in der Mittagszeit auf die Terrasse des Hotelzimmers und genieße die Sonnenstrahlen, lade mich mit deren Wärmeenergie wieder auf. An den Bergauffahrten ist lediglich ein Imbissstand vorhanden, obwohl dort eine Gondelbahn, mehrere Sessellifte und Schlepperlifte zu den Gipfeln führen. Auch beim Gondelausstieg ist keine Berghütte zu finden, was mich dann doch verwundert. Kein ladinisches Mallorca, kein Ischgler Après Ski, Einfachheit ist hier Programm.

Von den Höhen der am Sassongher angelehnten strada sassongher sieht man auf Corvara herab. Von hier oben aus gleichen die Sessellifte einem Vogelzug. Die Autos kriechen wie Ameisen die Serpentinen hinauf und hinab. Alles fügt sich zu einem selbstverständlichen Ganzen, ohne Aufgeregtheit, ohne Besonderheit, aber auch ohne idyllische Verklärung. Mag sein, dass dies am wegtauenden Schnee liegt, der Skifahrer dazu nötigt, die Bretter stellenweise abzuschnallen, um nach fünf Metern wieder weiterfahren zu können. Aus geöffneten Fenstern dringt das Programm des Rundfunks und begleitet den südtiroler Vormittag mit bekannten Klängen der Popmusik. Auch in diesem Viertel stehen die Uhren auf Gegenwart. Corvara ist keine Reise in die Vergangenheit, es ist eine Begegnung mit westeuropäischen Zeittakten, zivil, menschenfreundlich, gottesfürchtig und geschäftstüchtig.

Skifahrer kehren häufiger zurück, denn das Angebot an Abfahrten der unterschiedlichsten Schwierigkeitsgrade ist enorm groß. Die vielfältigen Berglandschaften erinnern an die Kulissen großer Kinofilme. Vielleicht ist dies ein Grund dafür, dass man den Rummel und den üblichen Skizirkus nicht nötig hat. Die Geographie spricht für sich.

Diese Umgebung ist es auch, die mich draußen verweilen lässt. Ein derartiges Panorama aus Gebirgsketten, Steilhängen, zerklüfteten Felsen und wuchtigen Gipfeln ist eine Seltenheit. Das Abendrot der Sellarondaspitzen bleibt als Etikett einer Bergregion zurück, einer Zuflucht, die es verstanden hat, die Spielregeln der Freizeitindustrie anzuwenden, ohne die Natürlichkeit zu zerstören. Möglicherweise ist dies das Merkmal ladinischer Lebenskunst.

Schattenströme
ertränken die Gipfel
Krähenhügel schreien sich still,
die Nacht, schlaflos, fällt ins Bett
Herztöne beten sich müde.

Weihnachtsstern

Die Nacht umspannt das Gipfelkreuz der Hänge,
ein Tannenzweig im Schneegestöber sinnt
verwaist nach Licht; ein Strom aus Flocken rinnt
herab, es wirren spitze Eisgesänge

vom Joch ins Tal wie helles Tongesprenge.
Ein Strahlenkranz der Dunkelheit entrinnt
und leuchtet; neugeboren lacht ein Kind,
dass funkeln aller Zinnen Ränge.

Ein Stern entsteht, er weist den Weg den Weisen,
die unbeirrt den Ort der Schöpfung suchen.
Die heilige Verkündigung ersuchen

die Wanderer auf unberührten Gleisen.
Erschöpft verlassen sie die kahlen Pfade
der täglichen Gesellschaftsmaskerade.

Vieni Gésu, reste per noi

01.01.2003

Nicht die Gebirgsregion ist das Besondere, der historische Hintergrund, das internationale Flair, das Kaiser Franz Josef und Kaiserin Elisabeth von Österreich hinterlassen haben, auch nicht die fünfzehnhundert Höhenmeter des Trentiner Städtchens, selbst der Pelzmantel nicht, der fast überwiegend getragen wird, sowohl von eleganten als auch weniger eleganten Signoras und Signorinas, hier mitten im Naturpark Adamello Brenta, wo der Braunbär noch zu Hause ist, weht der eigentümliche Atem der Madonna, der Urlaubsort, der auch ihren Namen trägt:: Madonna di Campiglio.

Eine kleine Gemeinde versammelt sich in der neuen, am antiken Bau angelehnte Kirche, an diesem Platz, an dem einst Joseph Österreicher residierte. Gemessen an der Zahl der Touristen, zuweilen zählt man an die vierzigtausend Gäste, ist der christliche Kreis, der sich regelmäßig zur Liturgie trifft, verschwindend gering. Etwa fünfhundert Plätze bietet der Neubau.

Der Stil erinnert eher an einen Saalbau, konisch auf den Altar zulaufend, dessen linke Hinterwand ein großes Gemälde des Kreuzweges ziert. Bis zur Decke hin spitzt sich rechts daneben ein viereckiges, etwa achtzig Zentimeter breites Gemäuer zu, das in einem imposanten, vielfarbigen Stern die Monstranz birgt.

Signore Gésu ist hier und man spürt mit dem Betreten dieser Stätte eine spirituelle Ruhe, den heiligen Geist. Er überträgt sich auf die Gottesdienstbesucher und schafft unmittelbare Nähe.

Die katholische Kirche ist universal, was Fremden erlaubt, an Gesängen und Gebeten teilzuhaben, auch wenn man die italienische Sprache nicht beherrscht. Ritus und Liturgie verbinden Gottesgläubige aus aller Welt.

Anders als in deutschen Messen werden sie auch direkt in deren Zelebrieren miteinbezogen. Der schon ältere Padre geht vor Beginn behutsam auf die ersten Reihen zu, spricht einige von ihnen an und findet immer genug Personen für die Lesungen und Fürbitten. Selbst das Austeilen der Kommunion wird einem Laien mit anvertraut. Die notwendigen kirchlichen Weihungen verleiht ein ihnen umgehängtes Kreuz.

In der Predigt verkündigt der Padre am Neujahrstag 2003 die Worte des Papstes Johannes Paul II. zum Weltfriedenstag Außerhalb des Kirchengebäudes hängen in den umliegenden Ortschaften verstreut einige bunte Flaggen mit dem Aufdruck „Pace".

Nach dem Opfergang bittet der Padre vier Kinder zu sich, fragt am Altar nach ihren Namen und stellt sie der Gemeinde vor. Während des „Vater Unser" halten sie sich an den Händen und bilden eine Gebetskette. Danach wünschen sich die Gottesdienstbesucher gegenseitig „Pace".

Der Padre löst sich von den Kindern und geht auf die Gläubigen zu, um einigen die Hand zu reichen. So werden im Handumdrehen aus Besuchern Mitgestalter ohne vorherige Proben. Denn Messdiener gibt es keine. Gerade mal ein Dutzend Kinder empfingen 2002 die erste heilige Kommunion. Ihre Bilder sind am Eingang ausgehängt.

Wenn am Ende der Messe das Gottesvolk „vieni Gésu, reste per noi" singt, liegt der Segen Christi auf allen, die zu ihm gebetet haben. Spirituell bereichert verlassen sie die Kirche mit jenem heiligen Hauch, den einst die Madonna verströmte.

Winternarretei

Der Winter zieht die Stiefel aus,
rutscht durch den Februar
mit durchgetretenen Sohlen.

Die Fastnacht trommelt schon voraus,
bekämpft den Kälterest
mit Ratschen und Johlen.

Maskenträger stanzen durch Straßen,
verjagen das Dunkeln
laut und unverhohlen.

Narren im Mummenschanz spaßen
mit Glöckchen und Pfeifen,
den Winter soll der Teufel holen.

Frühlingssturm

Der Sturm kam über den säuselnden Frühling
nicht aufschwellend wie aufgehende Knospenhörnchen
er kam peitschend über aufjüngende Wiesen
riss verstörend an den Körbchen
der Gänseblümchen
die sich eben noch das Aufblühen wagten
reinigte starres Geäst
von Losem und Halbstarkem
und schnitt seine Böen sausend und brausend
durch alles was sich ihm entgegenstellte

die zurückgelassenen Nester in den Kronen
schwankten hin und her
füllten sich mit Hagelkörnern
die wenig später wie Eisflocken zu Boden tropften
und Sonnenfunken in allen Farben blitzen ließ

unter dem Giebelkreuz rieben Krähen
ihre Leiber aneinander
schlugen mit ihren Schwingen
die Wetterkapriolen in den Wind
um den liebestollen Gesichtern
das Balzen zu entringen

auch dieses Jahr kehrten die Elstern
zurück in die Nester
im Tirili der Vogelstimmen
krakeelen sie und rauen

Nebelreiter

Der volle Mond vergeht, die Erde dreht sich weiter,
am tiefen Horizont die weiße Scheibe flirrt
und Vögel fliegen auf, von Dämmerung verwirrt.

Aus feuchter Erde sprüht der frühe Nebelreiter
ein Netz aus Tropfenfäden von seinem Wolkentross,
verbindet Tal und Gipfel, frischt auf das Morgenschloss.

Der Sonne Lichtgebilde von gegenüber blitzt
und alles, was sich windet mit Wolkendunst und Grau,
mit nassen Händen kündet von Niesel, lauem Tau.

Von ihren roten Strahlen sich zaudernd leicht erhitzt
der blasse Tagesschimmer, der sich daran verdross.
Wo Dunkelheit entschwindet, ein blauer Tag entspross.

Blätterasche
spuckt das Feuer
und der Schmelzofen der Berge:
kadmiumrot, kobaltblau, zinkgrün.
Gratwanderung auf der Höhe der Nacht.

QUELLENVERZEICHNIS

Kapitel Salzburger Land

Wintermärchen, Fünf Uhr morgens in Taxenbach, Missverständnis am Fulseck Gasteiner Ballade, Bad Hofgastein, aus: Lichtflut. Reisenotizen. Lyrik und Prosa. Vera Hewener. Edition Calamus. Norderstedt 2001. ISBN 3-8311-1493-5.

Im Dunstreis, Einkehr, Winterwege aus: Himmelsstürme. Vera Hewener. Gedichte mit Fotografien. edition Wort Verlag Bitburg 2010. ISBN 978-3-936554-00-3.

Bergwanderung, Karwoche aus: In Paris ist die Zeit verschwunden. Gedichte. Vera Hewener. Verlag BoD Books on Demand. Norderstedt 2023. ISBN 9783734714283.

Lichtblüten aus: Oh Frühling, komm! Natur, Stadt & Land. Die schönsten Frühlingsgedichte. Vera Hewener. Verlag BoD Books on Demand. Norderstedt 2021. ISBN 9783753439594.

Wien

Schöne Bescherung aus: Kerzen, Wunder, Himmels-Zunder. Vera Hewener. Lustige und besinnliche Geschichten und Gedichte zur Advents- und Weihnachtszeit. Verlag BOD Books on Demand. Norderstedt 2017. ISBN 9783744893824.

Wintergeplänkel, Kältegipfel aus: In der Saar feiern die Fische. Gegenwartslyrik & Szenen. Vera Hewener. Verlag BoD Books on Demand. Norderstedt 2019. ISBN 9783732237142. 2. Aufl. 2020. ISBN 9783752810080.

Wiener Oper aus: Christnacht, Glocken, Engelslocken. Gedichte und Geschichten zur Weihnacht. Vera Hewener. Verlag BoD Books on Demand. Norderstedt 2018. ISBN 9783748107637.

Wartezeiten aus: Oh Winter, schneie! Natur, Stadt & Land. Die schönsten Wintergedichte. Vera Hewener. Verlag BoD Books on Demand. Norderstedt 2021. ISBN 9783754347034.

Das große Vorbild aus: Zaubervolle Weihnachtswelt. Geschichten, Gedichte, Stücke & Notizen zur Advents- und Weihnachtszeit. Vera Hewener. Verlag BoD Books on Demand. Norderstedt 2020. ISBN 9783752606409.

Ein nobler Herr aus: Tannen, Lobgesang, Weihnachtsklang. Gedichte, Geschichten, Liedtexte und Bühnenstücke zur Advents- und Weihnachtszeit. Vera Hewener. Verlag BoD Books on Demand. Norderstedt 2019. ISBN 9783750400030.

Zwergschnauzers Kaffeekränzchen aus: Kinder, Hund, Familienbund. Lustiges, Tierisches und Allzumenschliches in Lyrik und Prosa. Vera Hewener. Verlag BOD Books on Demand. Norderstedt 2018. ISBN 9783746056821.
Maroni fürs Herz - Erstveröffentlichung
Der Genießer - Erstveröffentlichung

Tirol
Schneefall aus: Das Licht der Weihnacht. Die schönsten Weihnachtsgedichte. Vera Hewener. Verlag BoD Books on Demand. Norderstedt 2022. ISBN 9783756844197.
Der Nikolo, Ist der erste Schnee gefallen aus: Oh Winter, schneie! Natur, Stadt & Land. Die schönsten Wintergedichte. Vera Hewener. Verlag BoD Books on Demand. Norderstedt 2021. ISBN 9783754347034.
Weihnachten in der Berghütte aus: Äpfel, Nuss und Mandelkuss. Weihnachtsgeschichten. Vera Hewener. Verlag BoD Books on Demand. Norderstedt 2022. ISBN 9783756223770.
Die Wolferten kommen, Achenkirch, Sonnwendgebirge, Aprés Ski, In Mayrhofen, Maria Himmelfahrtskirche, Hüttenpause, Ausschau, Rundgang aus: Zaubervolle Weihnachtswelt. Geschichten, Gedichte, Stücke & Notizen zur Advents- und Weihnachtszeit. Vera Hewener. Verlag BoD Books on Demand. Norderstedt 2020. ISBN 9783752606409.
Die Feder - Erstveröffentlichung
Brixen im Thale aus: Zaubervolle Winterwelt. Gedichte, Geschichten, Notizen. Vera Hewener. Verlag BoD Books on Demand. Norderstedt 2014. ISBN 9783735761262.

Graubünden
Der Ruf, Todesstunde aus: Du trocknest meine Tränen wieder. Religiöse Lyrik & Texte. Vera Hewener. Verlag BoD Books on Demand. Norderstedt 2016. ISBN 9783743113589.
Der Rohrbruch, Nikolausalarm aus: In der Saar feiern die Fische. Gegenwartslyrik & Szenen. Vera Hewener. Verlag BoD Books on Demand. Norderstedt 2019. ISBN 9783732237142. 2. Aufl. 2020. ISBN 9783752810080.
Winterspuk aus: Christnacht, Glocken, Engelslocken. Gedichte und Geschichten zur Weihnacht. Vera Hewener. Verlag BoD Books on Demand. Norderstedt 2018. ISBN 9783748107637.
Das Krippeli aus: Zaubervolle Weihnachtswelt. Geschichten, Gedichte, Stücke & Notizen zur Advents- und Weihnachtszeit. Vera Hewener. Verlag BoD Books on Demand. Norderstedt 2020. ISBN 9783752606409.
Skizirkus in Sankt Moritz aus: Tannen, Lobgesang, Weihnachtsklang. Gedichte, Geschichten, Liedtexte und Bühnenstücke zur Advents- und

Weihnachtszeit. Vera Hewener. Verlag BoD Books on Demand. Norderstedt 2019. ISBN 9783750400030.
Alemannische Fasnet, Karneval aus: Das Jahr: Dichtung in vier Sätzen. Vera Hewener. Gedichte mit Fotografien. BoD Books on Demand Norderstedt 2013. ISBN 978-3-7322-3168-3.

Trentino-Südtirol
Glitzerschnee und warmer Tee aus: Zaubervolle Weihnachtswelt. Geschichten, Gedichte, Stücke & Notizen zur Advents- und Weihnachtszeit. Vera Hewener. Verlag BoD Books on Demand. Norderstedt 2020. ISBN 9783752606409.
Lawinenwarnung aus: Kerzen, Wunder, Himmels-Zunder. Vera Hewener. Lustige und besinnliche Geschichten und Gedichte zur Advents- und Weihnachtszeit. Verlag BOD Books on Demand. Norderstedt 2017. ISBN 9783744893824.
Primiero, Moena, Ladinische Aussichten, Weihnachtsstern aus: Lichtflut. Reisenotizen. Lyrik und Prosa. Vera Hewener. Edition Calamus. Norderstedt 2001. ISBN 3-8311-1493-5. 2. erw. Auflage 2014. ISBN 987-3831114931.
Nebelreiter, aus: Oh Herbst, wandle!. Natur, Stadt & Land. Die schönsten Herbstgedichte. Vera Hewener. Verlag BoD Books on Demand. Norderstedt 2021. ISBN 9783754320655.
Schattenströme, Blätterasche aus: Aus meinem Federkiel. Magische Momente. Natur & Seele. Gedichte. Vera Hewener. Verlag BoD Books on Demand. Norderstedt 2017. ISBN 9783744870511.
Vieni Gésu, reste per noi aus: Zaubervolle Winterwelt. Gedichte, Geschichten, Notizen. Vera Hewener. Verlag BoD Books on Demand. Norderstedt 2014. ISBN 9783735761262.
Winternarretei aus: In der Saar feiern die Fische. Gegenwartslyrik & Szenen. Vera Hewener. Verlag BoD Books on Demand. Norderstedt 2019. ISBN 9783732237142. 2. Aufl. 2020. ISBN 9783752810080.
Frühlingssturm aus: Oh Frühling, komm! Natur, Stadt & Land. Die schönsten Frühlingsgedichte. Vera Hewener. Verlag BoD Books on Demand. Norderstedt 2021. ISBN 9783753439594.

WERKVERZEICHNIS

Veröffentlichungen in Österreich

„Von der guten alten Zeit zur Non-Stop-Gesellschaft". In: Zeitpresse. Ausgabe Frühjahr 2004. Hrsg. VEREIN ZUR VERZÖGERUNG DER ZEIT. Fakultät für Interdisziplinäre Forschung und Fortbildung der Universität Klagenfurt, Sterneckstraße 15, A-9020 Klagenfurt. Österreich.

"Geschlechtsspezifische Unterschiede im Umgang mit der Zeit". ZEITpresse Frühling 2005. VEREIN ZUR VERZÖGERUNG DER ZEIT. Fakultät für Interdisziplinäre Forschung und Fortbildung der Universität Klagenfurt, Sterneckstraße 15, A-9020 Klagenfurt. Österreich. ISSN 1813-8713

Programmbuch Musiktage Mondsee 2011. Hrsg. Verein MUSIKTAGE MONDSEE, Postfach 3, 5310 Mondsee (A), S. 9 "Der Winter"

Veröffentlichungen in der Schweiz

Liebe ich dich?. Scriptum Verlag. Rothenburg (CH) 1993. ISBN 3-9520172-0-5. ‚Glasbauten', ‚Fassadenrepublik'.

Lyrik 90/94. Internationale Lyrik-Anthologie. Edition Leu. Zürich (CH) 1995. ISBN 3-85667-047-5. ‚Punkt für Punkt', S. 76.

Schweigen ist sterben. Scriptum Verlag. Rothenburg (CH) 1996. ISBN 3-9520172-5-6. ‚Fraglos', ‚Kopflos', S. 30.

"Allerliebstes Licht" in "Horizonte" Pfarrblatt Kanton Aargau, Schweiz. Ausgabe 25/2010 vom 13.06.2010, S. 18

Monographien

Vermisstenanzeige. Gewidmet den ermordeten Juden des Naziregimes. Lyrik und Prosa. Vera Hewener. Libri BoD. Norderstedt 2000. ISBN 3-8311-0748-3. 2. erw. Auflage 2014. ISBN 978-3831107483.

Lichtflut. Reisenotizen. Lyrik und Prosa. Vera Hewener. Edition Calamus. Norderstedt 2001. ISBN 3-8311-1493-5. 2. erw. Auflage 2014. ISBN 987-3831114931.

Eine Neigung aus Blau. Gegenwartslyrik. Vera Hewener. Norderstedt 2002. ISBN 3.8311-3334-4. 2. Auflage 2014. ISBN 9783831133345

Bist Himmel mir und tausend Feuerfunken. Gedichte. Vera Hewener. Mauer Verlag. Rottenburg a/N. 2003. ISBN 3-937008-46-2.

Verwirbelungen der Zeit. Vera Hewener. Lyrik mit Bildern von Carolin Isele. WiKu Éditions Paris E.U.R.L. Paris und WiKu Verlag KG Berlin 2005. ISBN 3-86553-203-9.

Es kommen andere Ewigkeiten. Gedichte. Vera Hewener. WiKu Édition Paris ISBN 2-84976-0188 WiKu Verlag 2007. ISBN 978-3-86553-189-6.

Himmelsstürme. Vera Hewener. Gedichte mit Fotografien. edition Wort Verlag Bitburg 2010. ISBN 978-3-936554-00-3.

Das Jahr: Dichtung in vier Sätzen. Vera Hewener. Gedichte mit Fotografien. BoD Books on Demand Norderstedt 2013. ISBN 978-3-7322-3168-3.

Zaubervolle Winterwelt. Gedichte, Geschichten, Notizen. Vera Hewener. Verlag BoD Books on Demand. Norderstedt 2014. ISBN 9783735761262.

Frühlingsserenade. Die schönsten Gedichte, Geschichten und Notizen zur Frühlingszeit. Vera Hewener. Verlag BoD Books on Demand. Norderstedt 2015. ISBN 978-37347-3140-2.

Die Blüte des Sommers. Sommeranthologie. Die schönsten Gedichte, Geschichten und Kalendernotizen. Vera Hewener. Verlag BoD Books on Demand. Norderstedt 2015. ISBN 978-3-7347-89540.

In der Saar schwimmen keine Krokodile. Gegenwartslyrik & Texte. Vera Hewener. Verlag BoD Books on Demand. Norderstedt 2015. ISBN 9783738635676

Von Lorraine nach Aquitaine. Reisenotizen in Lyrik und Prosa. Vera Hewener. Verlag BoD Books on Demand. Norderstedt 2016. ISBN 9783741210860.

Du trocknest meine Tränen wieder. Religiöse Lyrik & Texte. Vera Hewener. Verlag BoD Books on Demand. Norderstedt 2016. ISBN 9783743113589.

Zaubervolle Jahreszeiten. Der Frühling. Vera Hewener. Verlag BoD Books on Demand. Norderstedt 2017. ISBN 9783743125117.

Aus meinem Federkiel. Magische Momente. Natur & Seele. Gedichte. Vera Hewener. Verlag BoD Books on Demand. Norderstedt 2017. ISBN 9783744870511.

Zaubervolle Jahreszeiten. Der Sommer. Vera Hewener. Verlag BoD Books on Demand. Norderstedt 2017. ISBN 9783744870993.

„Kerzen, Wunder, Himmels-Zunder". Vera Hewener. Lustige und besinnliche Geschichten und Gedichte zur Advents- und Weihnachtszeit. Verlag BOD Books on Demand. Norderstedt 2017. ISBN 9783744893824. 2. Ausgabe 2019. ISBN 9783738629682.

Die Jahreszeiten: Auslese. Gedichte. Vera Hewener. Verlag BOD Books on Demand. Norderstedt 2018. ISBN 9783738636017.

Werkausgabe Band I. Frühe Gedichte 1970-1999. Verlag BOD Books on Demand. Norderstedt 2018. ISBN-13: 9783746025292.

Kinder, Hund, Familienbund. Lustiges, Tierisches und Allzumenschliches in Lyrik und Prosa. Vera Hewener. Verlag BOD Books on Demand. Norderstedt 2018. ISBN 9783746056821.

Zaubervolle Jahreszeiten. Der Herbst. Vera Hewener. Verlag BoD Books on Demand. Norderstedt 2018. ISBN 9783752842135.

Christnacht, Glocken, Engelslocken. Gedichte und Geschichten zur Weihnacht. Vera Hewener. Verlag BoD Books on Demand. Norderstedt 2018. ISBN 9783748107637. 2. Ausgabe 2019. ISBN 9783741251641.

In der Saar feiern die Fische. Gegenwartslyrik & Szenen. Vera Hewener. Verlag BoD Books on Demand. Norderstedt 2019. ISBN 9783732237142. 2. Aufl. 2020. ISBN 9783752810080.

Von Brandasund bis Nasholim. Reisegedichte, lyrische Ausflüge, Geschichten und Notizen. Vera Hewener. Verlag BoD Books on Demand. Norderstedt 2019. ISBN 9783732235841.

Tannen, Lobgesang, Weihnachtsklang. Gedichte, Geschichten, Liedtexte und Bühnenstücke zur Advents- und Weihnachtszeit. Vera Hewener. Verlag BoD Books on Demand. Norderstedt 2019. ISBN 9783750400030.

In der Saar tanzen die Schwäne. Gedichte, Geschichten & Szenen. Vera Hewener. Verlag BoD Books on Demand. Norderstedt 2020. ISBN 9783751921060.

Zaubervolle Weihnachtswelt. Geschichten, Gedichte, Stücke & Notizen zur Advents- und Weihnachtszeit. Vera Hewener. Verlag BoD Books on Demand. Norderstedt 2020. ISBN 9783752606409.

Weihnachtsklang, Lobgesang. Deutsche Gedichte und Nachdichtungen internationaler Weihnachtslieder, Gospels, Spirituals und deutsche Weihnachtslieder in moselfränkischer Mundart. Vera Hewener. Verlag BoD Books on Demand. Norderstedt 2020. ISBN 9783752606393.

Sodom und Camorra. Kurze Bühnenstücke für viele Gelegenheiten. Vera Hewener. Verlag BoD Books on Demand. Norderstedt 2020. ISBN 9783752606386.

Oh Frühling, komm! Natur, Stadt & Land. Die schönsten Frühlingsgedichte. Vera Hewener. Verlag BoD Books on Demand. Norderstedt 2021. ISBN 9783753439594.

Oh Sommer, leuchte. Natur, Stadt & Land. Die schönsten Sommergedichte. Vera Hewener. Verlag BoD Books on Demand. Norderstedt 2021. ISBN 9783753421414.

Oh Herbst, wandle!. Natur, Stadt & Land. Die schönsten Herbstgedichte. Vera Hewener. Verlag BoD Books on Demand. Norderstedt 2021. ISBN 9783754320655.

Oh Winter, schneie! Natur, Stadt & Land. Die schönsten Wintergedichte. Vera Hewener. Verlag BoD Books on Demand. Norderstedt 2021. ISBN 9783754347034.

Das kleine Tännlein. Die schönsten Weihnachtgeschichten. Vera Hewener. Verlag BoD Books on Demand. Norderstedt 2021. ISBN 9783755701705.

Denn die Zeit ist des Ewigen Aufgang. Zeitgedichte von der Morgenröte bis zur Abendstunde. Vera Hewener. Verlag BoD Books on Demand. Norderstedt 2022. ISBN 9783755738756.

Denn die Nacht ist der Spiegel der Sterne. Abend- und Nachtgedichte. Vera Hewener. Verlag BoD Books on Demand. Norderstedt 2022. ISBN 9783755730125.

Verrückte Tierliebe. Tiergedichte für alle Generationen. Vera Hewener. Verlag BoD Books on Demand. Norderstedt 2022. ISBN 9783754359860.

Wellen, Wogen, Himmelsbogen. Gedichte und Geschichten über Meere, Ströme und Gewässer. Vera Hewener. Verlag BoD Books on Demand. Norderstedt 2022. ISBN 9783755734468.

Äpfel, Nuss und Mandelkuss. Weihnachtsgeschichten. Vera Hewener. Verlag BoD Books on Demand. Norderstedt 2022. ISBN 9783756223770.

Das Licht der Weihnacht. Die schönsten Weihnachtsgedichte. Vera Hewener. Verlag BoD Books on Demand. Norderstedt 2022. ISBN 9783756844197.

In Paris ist die Zeit verschwunden. Gedichte. Vera Hewener. Verlag BoD Books on Demand. Norderstedt 2023. ISBN 9783734714283.

Oh Rose, Zauberblume, Rosengedichte und Geschichten. Vera Hewener. Verlag BoD Books on Demand. Norderstedt 2023. ISBN 9783738612936.